Hände an den Dämon gebunden

Carlos Matos

Published by Carlos Matos, 2025.

This is a work of fiction. Similarities to real people, places, or events are entirely coincidental.

HÄNDE AN DEN DÄMON GEBUNDEN

First edition. February 7, 2025.

Copyright © 2025 Carlos Matos.

ISBN: 979-8230550570

Written by Carlos Matos.

Ich widme dieses Buch von ganzem Herzen meiner Frau Chris, deren Stärke und Liebe mich jeden Tag inspirieren. An meine Kinder Rafaella, Gabriella und Carlos Filho, die mein Leben mit Freude erfüllen und mich motivieren, mit jedem Schritt besser zu werden. Zu meinen Wurzeln, meinem Vater Zoro und meiner Mutter Geni, die mir die wahre Bedeutung von Mut, Liebe und Hingabe beigebracht haben.

"In den dunkelsten Ecken der Seele beginnt der wahre Kampf – dort, wo Angst und Verlangen aufeinanderprallen und nur die Mutigsten es wagen, sich dem Unbekannten zu stellen."

Inhalt

Akt 1: Einleitung

Kapitel 1: Eine dunkle Nacht
Kapitel 2: Verzweifelte Gebete
Kapitel 3: Ein abschreckender Vorschlag
Kapitel 4: Besessenheit
Kapitel 5: Panik und Flucht

Akt 2: Steigende Spannungen

Kapitel 6: Der Griff der Dunkelheit
Kapitel 7: Gespenstische Erinnerungen
Kapitel 8: Das gequälte Kind
Kapitel 9: Verzweifelte Maßnahmen
Kapitel 10: Exorzismus

Akt 3 - Dunkle Nacht der Seele

Kapitel 11: Die Rückkehr
Kapitel 12: Die Wiedervereinigung der Besatzung

Akt 4 - Der Showdown

Kapitel 13: Die Schlacht beginnt
Kapitel 14: Alles außer Kontrolle
Kapitel 15: Epilog

Kapitel 1: Eine dunkle Nacht

Daniel Wellington beugte sich vor und stützte seine Ellbogen auf den markierten Eichentisch, der schon bessere Tage gesehen hatte. Ihr Wohnzimmer, normalerweise ein Hort des Lachens und der Kameradschaft, war nun voller Sorgen, als Marcus Greenes problematische Ehe wie ein Gespenst in ihrer Mitte schwebte.

"Marcus, du hast uns, wie auch immer du dich entscheidest", sagte Daniel mit fester Stimme wie ein fester Anker in der Ungewissheit. Ihre grauen Schläfen schienen die Entschlossenheit in ihren Augen zu betonen, ein Beweis für ihre unerschütterliche Unterstützung.

Jonas Blackwoods dunkle Augen funkelten in einem fast räuberischen Interesse. Er neigte den Kopf leicht, die Bewegung war scharf und vogelähnlich. "Aber was genau hat Linda gesagt? Auf die Details kommt es an." Seine Finger knallten auf den Tisch und verrieten einen Eifer, der im Kontrast zu seinem gelassenen Auftreten stand.

"Einzelheiten?" Roy Thompson mischte sich ein und schob sich seine Brille mit der Präzision eines Skeptikers über den Nasenrücken. "Wir brauchen mehr als nur 'Details', Jonas. Wir sprechen über Lösungen, nicht über Geistergeschichten. Richtig, Marcus?"

Marcus, eine Säule, die vom Sturm seiner Gefühle zermürbt war, atmete langsam aus. Ihre blauen Augen, die normalerweise leuchtend waren, wirkten matt und spiegelten den Ernst ihrer Lage wider. "Ich verstehe die Logik, Roy. Und deine Neugierde, Jonas. Aber es geht nicht nur darum, Dinge in Ordnung zu bringen..." Er hielt inne und

HÄNDE AN DEN DÄMON GEBUNDEN

sein Blick wanderte zu den Dielen, als suche er in den Holzmaserungen nach Antworten.

Daniel nickte und verstand die Komplexität, die hinter Marcus' Worten steckte. "Du suchst, dich wieder mit Linda zu verbinden, sie zu verstehen. Das war der Punkt, an dem wir angefangen haben."

Während das Gespräch um den Tisch hin und her schwankte, gestikulierten die Hände und veränderten sich die Gesichtsausdrücke – die Loyalität eines beschützenden Bruders, die Intrige eines Detektivs, der Schichten abschält, die Skepsis eines Mannes, der in der Realität verwurzelt ist. Jeder brachte sein eigenes Licht in den Schatten, der über dem Herzen seines Freundes hing.

Ein tiefes Donnergrollen rüttelte an den Fensterscheiben von Daniels Wohnzimmer, als wolle er den Ernst von Marcus' Lage bestätigen. Das Geräusch, plötzlich und unheimlich, lenkte seine Aufmerksamkeit vom Tisch ab, wo die Spannungen wie gespannte Seile ineinander verschlungen waren. Der Regen begann mit zunehmender Heftigkeit gegen die Scheibe zu prasseln, eine stakkatoartige Kulisse für Gespräche.

"Es fühlt sich an, als würde der Himmel klingeln", sagte Jonas mit einer Stimme, die leicht über dem Crescendo des Sturms draußen lag. Seine Augen funkelten mit einem Hauch von dunkler Belustigung, der angesichts des Kontextes fast unangemessen schien.

Roy schaute aus dem Fenster, wo Wasserströme durch das Glas hindurchflossen. "Der Himmel hat damit nichts zu tun." Er rutschte auf seinem Sitz hin und her, sein praktischer Verstand berechnete vielleicht die Wahrscheinlichkeit eines Stromausfalls oder dachte über die Auswirkungen des Sturms auf die Tagesordnung der Nacht nach. "Wir müssen uns konzentrieren. Die Zeit sei verdammt."

Marcus nickte, schien aber distanziert zu sein, seine Gedanken trieben dahin wie die Blätter, die jetzt im Strudel hinter den Mauern wirbeln mussten. Blitze zuckten und warfen vergängliche Schatten, die auf seinem gezeichneten Gesicht tanzten.

"Leute", unterbrach Daniel ihn mit fester Stimme, aber voller Empathie. Er beugte sich vor, und sein braunes Haar reflektierte silbrige Blitze. "Wir werden den richtigen Weg weitergehen. Linda und Marcus brauchen unsere...

Seine Worte wurden von einem neuen Donnergrollen unterbrochen, das lauter war als das letzte, und durch die Fundamente des Hauses hallte. Es war, als ob die Natur selbst ihre Dringlichkeit verlangte, ihr Engagement für den unsichtbaren Kampf, den sie ausfechten sollten.

"Ein Hinweis, ja", schrie Roy über den Lärm hinweg, und seine Haltung war unerschütterlich, selbst als der Boden zu vibrieren schien. "Aber tun wir nicht so, als säßen wir nicht mitten in einigen wenigen... Ein biblischer Regenguss!"

»Oder ein Omen«, sagte Jona halb spöttisch, halb ernst, und seine dunklen Augen spiegelten die Blitze, die den Raum in bläuliches Licht tauchten. Der Humor in seiner Stimme war verblasst und durch eine Resonanz ersetzt worden, die darauf hindeutete, dass er mehr wusste, als er zugab.

"Genug", rief Daniel autoritär, aber beruhigend, als er aufstand, seine Silhouette hob sich von den hellen Explosionen draußen ab. "Was auch immer auf uns zukommt, ob natürlich oder nicht, wir werden es gemeinsam bewältigen. Genau hier, genau jetzt." Sein Blick schweifte über seine Freunde und suchte Solidarität in ihrem gemeinsamen Unbehagen.

"Stimmt", stimmte Marcus zu, und seine Stimme wurde verstärkt, um dem Getöse der Elemente gerecht zu werden. "Gemeinsam."

Der Raum war mit mehr als nur atmosphärischer Elektrizität aufgeladen; Es war ein spürbares Gefühl der Vorahnung, als ob jeder das Gefühl hätte, dass der Sturm draußen nur ein Auftakt zu etwas viel Unheilvollerem war, das in den Startlöchern stand.

Kapitel 2: Verzweifelte Gebete

Die Schatten der Nacht hingen an den Ecken von Daniel Wellingtons Wohnzimmer, als sich vier Männer, die durch jahrelange Freundschaft verbunden waren, versammelten. Die untergehende Sonne warf ein dunkles Licht durch die Fenster, färbte ihre Gesichter mit verblichenen Goldtönen und vertiefte die Sorge. Nur das gelegentliche Schlurfen der Füße auf dem weichen Teppich oder das leise Knarren der Ledermöbel unterbrachen die Stille, die sich über sie gelegt hatte.

Daniel, dessen graubraunes Haar die letzten Blicke des Tageslichts einfing, beobachtete seine Freunde mit nachdenklichem Blick. Er konnte fast spüren, wie sich das Gewicht von Marcus' Sorgen wie Staub im Raum absetzte und die Luft mit einer leisen Spannung verdichtete.

Marcus, dessen raue Falten unter der Anspannung der Rührung noch ausgeprägter waren, rutschte unruhig auf seinem Sitz hin und her. Ihre durchdringenden blauen Augen, die einst vor Unfug und Lachen geglüht hatten, funkelten jetzt vor dem rohen Schmerz der Verletzlichkeit. Er fuhr sich mit der Hand durch die Haare, atmete tief ein und ließ die Worte in einem Strom ausbreiten.

"Leute, ich... Ich weiß nicht, was ich sonst tun soll." Seine Stimme war heiser, ein starker Kontrast zu dem Mann, der sonst so selbstbewusst sprach. "Linda und ich, wir verstehen uns einfach nicht. Es ist, als gäbe es diese Kluft zwischen uns, die immer größer wird, egal wie sehr ich versuche, sie zu überbrücken."

Jonas beugte sich vor, sein dunkler Anzug verschmolz mit der eindringenden Dunkelheit des Raumes, sein Gesicht war von

Empathie gezeichnet. Ihre durchdringenden Augen hefteten sich auf Marcus und boten ihm stille Unterstützung, während er aufmerksam zuhörte.

Roy, der immer praktisch veranlagt war, rückte seine Brille zurecht und sah Marcus mit einem festen, nachdenklichen Blick an. Während seine Skepsis ihn oft dazu veranlasste, nach greifbaren Lösungen zu suchen, verstand auch er die Tiefe der Verzweiflung, die nicht so leicht durch Logik allein entwirrt werden konnte.

"Es fühlt sich an, als würde ich sie verlieren", fuhr Marcus fort, seine Hände zu Fäusten geballt, seine Fingerknöchel weiß. "Und das Schlimmste ist, dass ich das Gefühl nicht loswerde, dass ich vielleicht schon verloren habe." Wieder wurde es still im Raum, und der Ernst seines Geständnisses schwebte schwer zwischen ihnen.

Als das letzte Licht des Tages der Nacht wich, saßen die vier Freunde unter dem sanften Schein des Lampenlichts und verarbeiteten jeweils den Schmerz, dem sie ausgesetzt gewesen waren. Daniels Zuhause, einst ein Zufluchtsort vor der Außenwelt, schien nun zu klein, um die enormen Ängste von Marcus zu fassen – eine gescheiterte Ehe, eine schwindende Liebe und die lähmende Angst vor dem, was als nächstes kommen könnte.

Das Licht der Lampe warf ein warmes Licht auf Daniels nachdenkliches Gesicht, als er die Stille brach und seine Stimme das Gewicht der gemeinsamen Geschichte trug. "Marcus, wir sind für dich da, Mann. Wir haben gesehen, wie du und Linda schon Herausforderungen gewonnen habt. Damit bist du nicht allein." Graue Fäden an seinen Schläfen fingen das Licht ein und er strahlte ein Gefühl ruhiger Geborgenheit aus.

Jonas, wie immer die undurchschaubare Gestalt, lächelte schief, als er sich einschaltete. "Richtig", sagte er mit einem Nicken. "Wir sind durch die Hölle gegangen und sind wieder zusammengekommen. Dies ist nur ein weiterer Dämon, dem man sich stellen muss. Und wir werden uns dem stellen."

HÄNDE AN DEN DÄMON GEBUNDEN

Roy, die Arme vor der Brust verschränkt, lehnte sich zurück, aber sein Blick blieb auf Marcus gerichtet. Seine Worte waren bestimmt, ein Beweis für seine Verbundenheit. "Du hast uns, Marcus. Was auch immer Sie brauchen, um durch diesen Sturm zu navigieren, zählen Sie auf uns."

Marcus blickte auf, und das Blau seiner Augen spiegelte eine Mischung aus Dankbarkeit und Hoffnung wider. Sie waren mehr als nur Freunde; Sie waren Brüder, die in Widrigkeiten geschmiedet wurden und mit ihm am Abgrund der größten Herausforderung seines bisherigen Lebens standen.

"Danke", murmelte er, und seine Stimme wurde fester zur Unterstützung. "Ich habe nur... Ich weiß nicht, was ich sonst tun soll."

Daniel nickte und verstand die Verzweiflung, die einen Mann dazu trieb, in einem Sturm nach einem Hafen zu suchen. »Es gibt vielleicht eine Sache, die wir noch nicht ausprobiert haben«, schlug er vor, und seine Stimme nahm einen ungewöhnlichen Ernst an. Er zögerte und fuhr fort: "Was wäre, wenn wir einen Gebetskreis bilden? Es mag unkonventionell erscheinen, aber was wir vielleicht brauchen, ist göttliches Eingreifen."

Der Gedanke hing wie ein zarter, ätherischer, ungewisser Nebel im Raum. Jonas hob eine Augenbraue, seine Skepsis war offensichtlich, aber seine Haltung wurde weicher. "Ein Gebetskreis, was?", überlegte er. "Nun, seltsame Dinge sind passiert. Zählen Sie auf mich."

Roy hob seine Brille und dachte über den Vorschlag nach. Er war ein Mann der Fakten und Daten, aber die Ernsthaftigkeit von Daniels Vorschlag war nicht von der Hand zu weisen. "Wenn es bedeutet, dass es eine Chance gibt, euch beiden zu helfen, wieder zueinander zu finden", gab Roy zu, "dann bin ich bereit, es zu versuchen."

Sie sahen Marcus an, der einen Augenblick still stand und das flackernde Licht der Kerzen auf seinen rauen Zügen spielte. Schließlich nickte er, eine stille Fügung, diesen Funken Hoffnung zu ergreifen – so zerbrechlich er auch war.

Marcus stand da und seine Augen starrten auf den alten Couchtisch aus Eiche, bevor sie sich erhoben, um den Gesichtern ihrer Freunde zu begegnen. Die Luft war dick von Besorgnis, als die vier Männer den vor ihnen angelegten Weg betrachteten.

"Machen wir uns nichts vor", begann Jonas und lehnte sich auf dem abgenutzten Leder der Couch zurück, seine Stimme war ein Schatten, der seine übliche Verspieltheit verhüllte. "Wir sind dabei, um ein Wunder zu bitten, in einer Welt, in der ich zu viel gesehen habe, um zu glauben, dass es leicht fällt."

Daniels Blick verweilte auf jedem seiner Freunde, und das Gewicht der Führung drückte auf seinen quadratischen Schultern. »Es ist wahr«, gab er zu, und seine grauen Schläfen schienen ihn eher von Weisheit als von Alter zu kennzeichnen. "Garantien gibt es hier nicht. Unsere Zweifel werfen lange Schatten... Aber vielleicht ist es unser Glaube, nicht die Gewissheit, auf den wir uns stützen sollten."

Roys Finger trommelten in einem ruhigen Rhythmus auf seinem Knie, sein analytischer Verstand kämpfte mit der ungreifbaren Natur seiner Lösung. "Ich bin keiner, der darauf wettet..." Er hielt inne und suchte nach dem Wort, "... in übernatürlichen Lösungen. Aber Marcus«, wandte er sich an den Mann, dessen Lage sie an diesen Scheideweg gebracht hatte, »dein Schmerz ist echt. Wenn es eine geringe Chance gibt, dass es Ihnen Frieden bringen kann, dann treten meine Reserven in den Hintergrund."

Der Raum verfiel in eine schwere Stille, ihre kollektiven Atemzüge zogen Spannungslinien, die den Raum zwischen ihnen durchquerten. Es war ein Sprung ins Ungewisse, jeder Mensch kämpfte mit der Angst vor Enttäuschung, die Angst vor der Hoffnung wurde hohl.

Mit einem langsamen Atemzug erhob sich Daniel von seinem Stuhl und deutete in die Mitte des Raumes. "Also fangen wir an. Hand in Hand, Herz an Herz."

Einer nach dem anderen folgten sie und bildeten einen Kreis, der so alt war wie die Zeit selbst. Marcus stand zwischen Jonas und Roy, seine Hände solidarisch in sich, die ihn in seiner Entschlossenheit bestärkten. Daniel vollendete den Ring, seine warme und feste Berührung.

"Schließe die Augen", befahl Daniel, und seine Stimme war ein ständiges Leuchtfeuer im dunklen Meer seiner Unsicherheit. "Konzentriere dich nicht auf die Dunkelheit, die uns umgibt, sondern auf das Licht, von dem wir wissen, dass es in uns existiert."

Die Augenlider fielen wie Vorhänge am Ende eines Theaterstücks, und eine Stille lag über dem Zimmer. Jeder von ihnen suchte nach diesem Funken der Göttlichkeit, nach diesem Faden der Verbindung mit etwas, das größer ist als sie selbst.

Jonas Kehle schnürte sich zu, ein unausgesprochenes Gebet verflochten seine Gedanken. Roys analytischer Verstand beruhigte sich, eine seltene Kapitulation vor dem Reich des Glaubens. Marcus' Herz pochte vor verzweifelter Sehnsucht, als Daniels Geist sie alle vor Anker drückte, ein Leuchtfeuer, das den Rebellenschiffen zur Heimkehr winkte.

Und so erhoben sich ihre Stimmen in Daniel Wellingtons Wohnzimmer, inmitten des Schleiers ihrer gemeinsamen Befürchtungen, in einem Chor stummen Flehens und schrien nach einem Wunder, um das zu reparieren, was zerbrochen war.

Der sanfte Rhythmus seiner gemurmelten Gebete wurde abrupt von einer Klangwelle unterbrochen, die von überall und nirgendwo zu kommen schien. Eine Abfolge von schrillem Grollen, als ob der Himmel selbst protestierte, durchdrang die feierliche Atmosphäre von Daniel Wellingtons Wohnzimmer.

Erschrocken öffneten sich ihre Augen, ihre Hände öffneten sich, als sich jeder Mann instinktiv der Quelle der Störung zuwandte. Der Gebetskreis, seine Bastion gegen die sich ausbreitende Verzweiflung, geriet für einen Moment in Vergessenheit.

"Verdammt", murmelte Roy leise und seine Stirn runzelte sich frustriert. Sein analytischer Verstand suchte bereits nach möglichen Erklärungen für das Geräusch.

"Bleib ruhig", sagte Daniel, und seine Stimme war eine erdende Kraft inmitten des plötzlichen Chaos. "Es ist nur Lärm, mehr nicht." Sein Blick traf jeden von ihnen und versuchte, die Flamme der Entschlossenheit wieder zu entfachen, die durch die unerwartete Unterbrechung verdunkelt worden war.

Marcus, dessen Verletzlichkeit kurz zuvor offengelegt worden war, atmete zitternd. Die Angst, Linda zu verlieren, packte ihn und ließ das laute Geräusch wie ein Omen des Scheiterns erscheinen. Aber er sah seine Freunde an, deren Gesichter von Sorge und Unterstützung gezeichnet waren, und er spürte, wie sich der Griff der Angst lockerte.

Jonas legte eine sanfte Hand auf Marcus' Schulter, sein eigener Ausdruck stiller Ermutigung. "Wir sind für Sie da, egal was passiert", erinnerte er sich leise.

"Wir werden uns von nichts trennen lassen. Nicht jetzt", beharrte Daniel und streckte noch einmal die Hand aus, um sich dem unterbrochenen Kreis anzuschließen.

Einer nach dem anderen nahmen sie wieder ihre Plätze ein, und die Wärme ihrer gefalteten Hände knüpfte wieder das Gewebe ihrer Gemeinschaft. Sie schlossen die Augen, schlossen die Welt mit all ihren Unsicherheiten und konzentrierten sich auf die Stärke ihrer Einheit.

"Lass uns weitermachen", sagte Daniel, und sein Ton war von einer neu entdeckten Inbrunst durchdrungen. Mit jedem Wort harmonierten ihre Stimmen und webten einen Teppich der Hoffnung, der der Dunkelheit trotzte, die versuchte, in ihr Heiligtum einzudringen.

"Göttliche Gegenwart", begann Daniel wieder, "höre unser Flehen..."

Gemeinsam hoben sie ihre gefalteten Hände leicht, als wollten sie das Göttliche berühren. In diesem Augenblick war ihre

HÄNDE AN DEN DÄMON GEBUNDEN

Entschlossenheit spürbar, eine gemeinsame Überzeugung, dass kein Lärm, keine Ablenkung das Band, das sie teilten, oder die Ernsthaftigkeit ihrer Bitte zerreißen konnte.

"Göttliche Gegenwart", hallte Daniels Stimme wider, aufgeladen von einer Feierlichkeit, die bis in die Wände des Wohnzimmers zu hallen schien. Aber sobald die Worte seine Lippen verließen, verschlang die Finsternis sie ganz. Ein plötzlicher Stromausfall stürzte den Raum in einen Abgrund, und sein Gebet wurde von einem kollektiven Seufzer unterbrochen.

"Wirklich?" Roys Verzweiflung durchdrang die Dunkelheit, ein starker Kontrast zu der stillen Ehrfurcht, die kurz zuvor den Raum erfüllt hatte.

"Bleib ruhig", sagte Daniel mit ruhigem Tonfall, trotz der Schattendecke, die sie umhüllte. "Wir werden uns davon nicht aufhalten lassen."

Kapitel 3: Ein abschreckender Vorschlag

Marcus warf sich auf den abgenutzten Ledersessel in Daniel Wellingtons schwach beleuchtetem Wohnzimmer, die Hände wie in stillem Gebet gefaltet. Die Luft war schwer von einer stillen Traurigkeit, die wie ein Leichentuch an ihm zu haften schien. Seine Freunde umringten ihn, ihre Gesichter waren von Besorgnis und dem sanften Leuchten der Empathie gezeichnet.

"Marcus, du darfst dich nicht auffressen lassen", sagte Daniel und lehnte sich vor seinen eigenen Sitz, während sein grau gesprenkeltes braunes Haar das spärliche Licht einfing. "Schön ist einfach... etwas durchzumachen."

"Machst du etwas durch?" Marcus hallte wider, und die rauen Linien seines Gesichts verengten sich. "Es ist, als wäre sie jemand ganz anderes geworden, Dan. Ich erkenne sie nicht einmal mehr."

Jonas stand am Kamin, und seine schlanke Gestalt warf einen langen Schatten auf die Wand. Er sah Marcus mit dunklen Augen an, und der Schein des Kamins spiegelte sich in seinem festen Blick. "Hast du versucht, mit ihr zu reden, um wirklich auf den Punkt zu bringen, was los ist?", fragte er mit leiser und sanfter Stimme, als er die Spannung durchbrach.

Roy schob sich die Brille über den Nasenrücken, sein analytischer Verstand suchte bereits nach Lösungen. "Vielleicht gibt es für all das eine logische Erklärung. Stress, Arbeit, eine Reihe von Dingen können Ihr Verhalten beeinflussen." Er sprach mit einer rationalen Ruhe, die in scharfem Kontrast zu dem emotionalen Aufruhr stand, der im Raum herumwirbelte.

Marcus' tiefblaue Augen trafen auf Roys Augen, ein Schimmer der Hoffnungslosigkeit huschte zwischen ihnen hindurch. "Ich habe alles versucht, Roy. Ratschläge, Treffen, Überraschungsausflüge... Es ist, als würde ich mit einem Geist leben."

Die vier Männer, die durch jahrelange Freundschaft verbunden waren, spürten das Gewicht von Marcus' Schmerz. In der Stille des Hauses kämpfte jeder von ihnen mit dem Wunsch, seinem Freund zu helfen, und seine Gedanken waren mit Erinnerungen an bessere Tage verwoben. Daniels Haus, das einst von Lachen und fröhlichen Debatten erfüllt war, schien nun vom Flüstern des verlorenen Glücks widerzuhallen.

Draußen hatte die Nacht eine heftige Wendung genommen. Der Regen prasselte auf die großen Fenster von Daniel Wellingtons Haus, und der Donner grollte wie das Knurren eines kolossalen Tieres von unergründlichen Tiefen. Der Sturm schien die innere Zerrissenheit der inneren Freunde zu manifestieren, und ihre Dunkelheit wurde mit jeder Enthüllung über Marcus' Eheprobleme intensiver.

"Verdammt, es wird immer schlimmer draußen", murmelte Daniel und starrte in die schwarze Leere hinter dem Glas, die nur ihre eigenen ängstlichen Gesichter auf sie zurückwarf.

Jonas, der immer der Anstifter von Intrigen war, trat vor dem Sturm draußen zurück und sah sich in dem minimalistischen Raum um, wobei seine Augen auf den eleganten Linien verweilten, die normalerweise Trost in seine Ordnung brachten. Jetzt wirkten sie fast beklemmend, die Schatten zwischen ihnen gähnten mehr, als wollten sie das Licht ganz schlucken.

"Vielleicht sollten wir eine Kerze anzünden", schlug Jonas vor, und seine Stimme verriet nichts von der Befürchtung, die sich in seiner Brust zusammenzog. "Es kann dazu führen, dass die Dinge ein bisschen mehr aussehen ... hoffnungsvoll hier."

Roy runzelte die Stirn und rutschte unbehaglich auf seinem Sitz hin und her. "Ich weiß es nicht, Jonas. Chris hat uns vor so etwas gewarnt, erinnern Sie sich? Vom Spielen mit Kerzen, Gebeten und Einladen..." Seine Stimme wurde langsamer, ein unruhiger Blick fiel in die dunklen Ecken des Zimmers.

"Verlorene Seelen aus der Dunkelheit?" Jonas beendete den Satz mit einem halben Lächeln und löste die Anspannung mit seinem charakteristischen trockenen Humor. Er stand auf und bewegte sich mit einer Anmut, die die Steifheit seiner Muskeln Lügen strafte. "Chris ist nicht hier, und ich bezweifle, dass ein bisschen Wachs und Docht etwas anderes als ein bisschen Licht heraufbeschwören werden."

Marcus nickte, sein Gesicht war eine Maske der Müdigkeit. "Lass es uns einfach machen. Noch dunkler kann es nicht werden, als es ohnehin schon ist." Ihr Versuch zu lächeln war nur ein Zucken der Lippen, aber unterstrichen von einem stummen Plädoyer um jeden Funken Trost.

Daniel seufzte und nahm eine lange, kegelförmige Kerze aus einer Schublade und stellte sie in die Mitte des Couchtisches. Das Streichholz ertönte mit einem hohen Pfiff, ein kleines Leuchtfeuer erwachte zum Leben, bevor es seine Flamme auf den Kerzendocht übertrug. Jonas beobachtete, fasziniert wie immer von dem Tanz des Feuers, wie es die Luft zu verschlingen schien.

»Es werde Licht!« murmelte er, und das Flackern warf ein Relief in seine Züge, und Schatten spielten auf seinem Gesicht. Als sich das warme Licht über die Gruppe legte, ging der Sturm draußen unvermindert weiter, eine Erinnerung daran, dass die Natur sich wenig um die Probleme der Menschen kümmerte oder um die Barrieren, die sie gegen die Dunkelheit errichtete.

Jonas hielt das Streichholz mit brennender Spitze in der Hand, während er seine Freunde betrachtete, die sich bei Daniel Wellington versammelt hatten. Jonas hielt das Streichholz in der Hand, dessen Spitze in Flammen stand, während er sich zu seinen Freunden umsah, die sich in der nüchternen Modernität von Daniel Wellingtons Landhaus versammelt hatten. Er konnte fast Chris' Stimme in seinem

Kopf hören, streng und scharf mit einer intuitiven Angst, ein starker Kontrast zu der minimalistischen Eleganz um sie herum. Die Warnung vor Kerzen war eine von vielen Vorsichtsmaßnahmen, die sie im Laufe der Jahre getroffen hatte, aber heute Abend ließ Jonah seine Neugier leiten.

"Ammenmärchen", dachte Jonas laut, und seine Stimme verriet nichts von der Besorgnis, die in ihm aufflackerte. "Wenn verlorene Seelen vom Kerzenlicht angezogen werden, sollen sie Wärme finden." Seine Worte hingen in der Luft, schwerer als er beabsichtigt hatte, als er die Flamme am Docht berührte.

Die Kerze fing mit einem leisen Knistern an, und das Licht schwoll an, als sie das Opfer von Wachs und Faden verschlang. Schatten erwachten an den Wänden zum Leben, die sich grotesk und lang über die spärlichen Möbel erstreckten. Sie wanden sich in einem Totentanz und verdrehten das Vertraute in etwas Jenseitiges. Die unregelmäßige Bewegung der Flamme warf verzerrte Silhouetten – ein Stuhl wurde zur lauernden Gestalt, eine Topfpflanze verwandelte sich in einen kauernden Dämon.

"Es verleiht dem Ort definitiv Charakter", scherzte Roy, obwohl sein Lachen hohl klang und seine Augen mit kaum verhohlenem Unbehagen den Schatten folgten.

Marcus wandte seinen Blick vom Fenster ab, wo der Regen gegen die Scheibe prasselte, sein Gesicht kurz vom Blitz erleuchtet, bevor er sich wieder im Schatten niederließ. "Es ist nur Licht und Schatten", behauptete er, mehr an sich selbst als an andere gerichtet, ein Versuch, das schleichende Unwohlsein zu rationalisieren.

Aber der Raum hatte sich subtil verändert; Die warme Glut, die sie suchten, schien die Dunkelheit außerhalb ihrer Reichweite nur zu vertiefen und drückte mit einem Gewicht, das fast empfindungsfähig schien. Das heulende Duett des Sturms unterstrich die Stille, die sich nun über die Gruppe legte, jeder in seine Gedanken versunken und über das Lichtspiel nachdenkend, das seine Zuflucht in eine Bühne für Geister verwandelt hatte, die aus dem flackernden Feuer der Angst geboren worden waren.

Ein plötzlicher Schauer durchzuckte den Raum, als hätten die Wände selbst einen tiefen, eisigen Atemzug eingeatmet. Die einst unerschütterliche Flamme der Kerze zitterte und warf ein stotterndes Licht, das im Rhythmus seines eigenen rasenden Herzschlags zu pulsieren schien.

"Hat jemand ein Fenster geöffnet?" Fragte Daniel, und sein ruhiger Ton täuschte über die starre Fassung seines Kiefers hinweg, als er die minimalistische Enge des Hauses nach einer Erklärung für den Kältestoß absuchte, der unerklärlicherweise in die Hitze des Treffens eindrang.

Roy, der immer stolz auf seinen rationalen Verstand gewesen war, rückte seine Brille zurecht und schüttelte den Kopf. "Alles geschlossen", sagte er, aber seiner Stimme fehlte die übliche Überzeugung. Seine scharfsinnigen Augen wanderten von Ecke zu Ecke, auf der Suche nach einer logischen Ursache für den schleichenden Luftzug, der eine unausgesprochene Warnung mit sich brachte.

Marcus schlang seine Arme um ihn, und die rauen Linien seines Gesichts verengten sich, als er auf die wiegenden Schatten starrte. Sie schienen sich über seine stoischen Versuche lustig zu machen, tanzten immer wilder wie zu einer unerhörten Melodie – einem Klagelied verlorener Gelassenheit.

Die Blicke der Freunde trafen sich in stummer Kommunikation, und jeder spiegelte die wachsende Besorgnis der anderen wider. Ihre Spiele, die kurz zuvor noch so leicht dahingeflossen waren wie die sturmgepeitschten Wellen draußen, gerieten nun ins Straucheln und Stocken. Die Worte wurden zu Geiseln der immer dicker werdenden Luft, die Sätze verwandelten sich in unruhige Blicke und unvollendete Gedanken.

Daniel beobachtete Jonas genau und hoffte auf einen Witz, der die wachsende Spannung aufbrechen würde. Aber der hochgewachsene

Mann, der sonst so schnell die Stille mit seinem trockenen Witz füllte, starrte nur auf die Kerze, sein Gesichtsausdruck war unleserlich. Die spielerische Neugierde, die sie dazu brachte, die Kerze anzuzünden, schien wie eine ferne Erinnerung, als sie kollektiv den Atem anhielten und auf das warteten, was sie nicht benennen konnten.

Jonas beugte sich vor, der Schein der Flamme der Kerze spiegelte sich in seinen dunklen Augen. Er streckte die Hand aus, nicht um das Licht auszuschalten, sondern um die Wärme auf seiner Haut zu spüren, als würde er versuchen, sich mit der Energie zu verbinden, die jetzt durch den Raum pulsierte. Seine Freunde beobachteten ihn, ihre Körper angespannt, als wollten sie ihn von einem Vorsprung zurückziehen, den sie nicht sehen konnten.

"Kannst du es fühlen?" Jonas Stimme war kaum ein Flüstern, aber sie durchschnitt die Atmosphäre immer dicker wie eine Klinge. "Hier bei uns ist was... etwas Seltsames."

Roy rutschte unbehaglich auf dem Designersofa hin und her, dessen minimalistische Linien keinen Trost gegen die Kälte boten, die in seine Knochen eindrang. »Jona, Bruder,« murmelte er, »das ist nicht nur ein schief gelaufener Salontrick. Wir müssen zuerst aufhören, uns mit diesem Ding herumzuschlagen..."

"Wovor, Roy?" Jonas unterbrach ihn, wobei sein üblicher Humor in seinem Ton fehlte. "Bevor wir herausfinden, was wirklich vor sich geht? Bevor wir hinter den Schleier blicken?"

Marcus und Daniel tauschten einen vorsichtigen Blick aus, keiner von ihnen wollte die Angst ausdrücken, die sich über sie legte. Aber Jona, der immer auf der Suche nach verborgenen Wahrheiten war, schien fast hingerissen von der unsichtbaren Gegenwart, die sie nun umgab.

Die Luft wurde noch kälter, ein stummer Bote unheimlicher Macht bahnte sich seinen Weg um sie herum. Der einst beruhigende Schein der Kerze schien jetzt wie ein Leuchtfeuer in der herannahenden Dunkelheit und warf groteske Schatten, die an den Wänden spielten und über die eleganten Möbel tanzten.

"Jonah", sagte Daniel schließlich mit ruhiger Stimme, trotz des Zitterns, das er in seinem Inneren spürte. "Du jagst immer diesen Geheimnissen hinterher, aber hast du jemals gedacht, dass manche Dinge besser in Ruhe gelassen werden?"

Aber Jona ließ sich nicht einschüchtern, seine Neugier war eine helle Flamme, die der vor ihm glich. Er stand da, und sein dünner Körper warf einen langen Schatten über den Boden. "In der Angst gibt es keine Antworten, nur in der Suche nach Verständnis."

Als die Worte aus seinem Mund kamen, durchlief ein kollektiver Schauer die Gruppe, eine unwillkürliche Reaktion auf die Gegenwart, die sich zu nähern schien, greifbar und doch unsichtbar. Seine Atemzüge kamen in sichtbaren Stößen heraus, die Temperatur im Raum sank mit jeder Sekunde und hinterließ Eisspuren in den großen Fenstern, die auf das stürmische Meer hinausgingen.

"Was auch immer es ist", fuhr Jonas fort, den Blick auf die tanzende Flamme geheftet, "es wird immer stärker."

Die Schatten wurden lang und wanden sich gegen die Wände, als die Kerzenflamme zitterte, ein stummer Darsteller für ein angsterfülltes Publikum. Eine unheimliche Stille legte sich wie eine dicke Decke über den Raum, erstickte ihren Atem und verstummte die fernen Donnergrollen, die über die Grenzen des Hauses am Meer hinaus tobten.

Marcus schlang seine Arme um sich selbst, und sein einst sicheres Auftreten wurde nun durch den gequälten Blick eines Mannes ersetzt, der spürte, wie die Ränder seiner Realität verschwanden. "Das ist nicht richtig", murmelte er, und sein Blick huschte von einem Schatten zum nächsten, als wären sie lebendig und näherten sich ihnen.

Roy blieb stehen, seine Skepsis zerbröckelte unter dem Gewicht der unerklärlichen Kälte, die in seine Knochen sickerte. Er wollte sprechen, das bedrückende Schweigen mit Logik und Vernunft brechen, aber die Worte wollten nicht kommen, sie erstarrten in seiner Kehle.

Daniel, der Anker zwischen ihnen, versuchte, die Fassung zu bewahren. Seine Finger krampften sich um die Lehne des Stuhls, seine Knöchel waren weiß, als er den flackernden Tanz des Kerzenlichts beobachtete. "Wir müssen es ausradieren", sagte er, und das sonst so ruhige Timbre seiner Stimme wurde eindringlich geschärft. "Jetzt."

Aber Jona, gelähmt von dem Spiel von Licht und Finsternis, schüttelte langsam den Kopf. »Nein«, flüsterte er fast ehrfürchtig. "Schau dir das an, Daniel. Es ist wunderschön."

Die Flamme nahm plötzlich zu und warf einen unheilvollen Schein aus, der vor Leben zu pulsieren schien. Die Männer zuckten im Gleichklang zusammen, ein kollektiver Seufzer entwich ihren Lippen, als die Umgebungstemperatur weiter sank und ihr Atem nun wie ein Nebel in der Luft hing.

Die Augen auf das Segel geheftet, standen die vier Freunde Schulter an Schulter, und zwischen ihnen schloß sich ein stillschweigender Pakt. Sie waren jetzt jenseits des Reiches des Unglaubens; Etwas Unnatürliches entfaltete sich vor seinen Augen.

Ein leises Stöhnen drang von den Holzdielen unter ihnen, das unnatürliche und unheilvolle Geräusch. Die Wände schienen sich zusammenzuziehen, die minimalistische Einrichtung des Raumes war nicht mehr beruhigend, sondern eine deutliche Erinnerung an seine Abgeschiedenheit.

»Irgendetwas ist hier bei uns«, stieß Roy hervor, seine Stimme war kaum mehr als ein Flüstern, und sein analytischer Verstand war nicht in der Lage, die Beweise seiner Sinne länger zu leugnen.

Und dann, ohne Vorwarnung, flatterte die Kerze wild, als ob sie von einer plötzlichen Böe erfasst worden wäre, bevor sie wieder zu ihrem ständigen Brennen zurückkehrte. Die Freunde tauschten große Blicke aus, ihr Herz klopfte in ihrer Brust, als sie erkannten, dass sie nicht allein waren. Alles, was sie in Daniel Wellingtons Haus

HÄNDE AN DEN DÄMON GEBUNDEN

eingeladen hatten, war da, leibhaftig oder nicht, und war sich seiner Gegenwart bewusst.

Als sich das Kapitel dem Ende zuneigte, wurde der Schein der Kerze zur einzigen Gewissheit in einer Welt, in der die Grenze zwischen dem Natürlichen und dem Übernatürlichen verwischte. Die Freunde hielten den Atem an, als die Dunkelheit von allen Seiten hereinbrach und den Leser mit der Frage zurückließ, welche Folgen diese Sucher nach dem Unbekannten erwarteten.

Kapitel 4: Besessenheit

Mit einem Seufzer, der die Luft aus dem Raum saugte, knickten Jonas' Knie ein. Das Geräusch seines Körpers, das auf den Tisch schlug, auf dem die Kerze stand, war widerlich – eine Symphonie aus zersplitterndem Glas und zerbrochenem Holz, die wie ein Todesurteil durch die Kammer hallte. Die Kerze, die so sorgfältig arrangiert war, erlosch in einem Augenblick, und ihre letzten Rauchschwaden wirbelten in die Dunkelheit, als ob sie das Licht der Hoffnung selbst wegtragen würde.

Der Raum tauchte in eine abgrundtiefe Dunkelheit, die Abwesenheit von Licht ließ die Wände erstickend erscheinen. Eine angespannte Stille hing schwer und wurde nur von den seichten, zerrissenen Atemzügen derer unterbrochen, die Zeugen des Sturzes waren. Für einen Moment war es, als ob die Zeit selbst den Atem anhielt und darauf wartete, dass der andere Schuh mit einem seltsamen Schicksal in diesen Tanz eintrat.

Jona lag regungslos da, ein zerknitterter Haufen auf den Trümmern dessen, was seine schwache Barriere gegen die Nacht gewesen war. Die Schatten sprangen und verzerrten sich auf seinem Gesicht, in Erwartung der Veränderung, die kommen sollte. Und dann, nach Augenblicken, die sich über eine Ewigkeit des Grauens erstreckten, keuchte seine Brust mit einem plötzlichen Atemzug und zog die Dunkelheit in sich hinein, als er sich wieder erhob.

Ihr Erwachen war keine Rückkehr zum Bewusstsein, wie sie es kannten, sondern eine groteske Wiedergeburt. Seine einst sanften Gesichtszüge hatten sich in etwas Unkenntliches verwandelt – tiefe, glühende Augen mit einem grimmigen Leuchten, sein Mund verzog sich zu einem finsteren Lächeln, das zu breit für sein Gesicht schien. Es war, als wäre seine Haut jetzt eine Maske, die von unsichtbaren Kräften zu einem Ausdruck reiner Bosheit geformt wurde. Zu allem Überfluss stand die Kerze, die einst auf den Tisch gefallen war, von selbst wieder auf und leuchtete unter den ungläubigen und verängstigten Blicken der Gruppe auf.

Ein Schauer lief allen Anwesenden über den Rücken, als sie über die Verwandlung nachdachten. Das Ding, das Jonas' Gesicht trug, drehte langsam und bedächtig den Kopf und betrat den Raum mit einer neuen und furchterregenden Absicht.

Das Wesen in Jona spannte sein neu entdecktes Gefäß an und genoss die körperliche Form, die es nun manipulierte. Seine Gliedmaßen entfalteten sich mit einer unheimlichen Anmut, Bewegungen, die für die Muskulatur eines Menschen zu fließend waren. Jede Geste war absichtlich, durchdrungen von einer dunklen Eleganz, die unheimlich und verstörend präzise wirkte. Als er dastand, war es, als ob unsichtbare Seile ihn wie Marionetten gegen die Schwerkraft hochzogen.

"Marcus", die Stimme, die Jonas' Lippen glitt, war kaum wiederzuerkennen, ein gutturales Timbre, das an den Rändern der Dunkelheit kratzte. Es hallte durch den Raum und trug ein uraltes Gewicht mit sich, das gegen die Wände zu drücken schien. "Mach dir nicht so viele Sorgen um Linda." Die Worte wälzten sich wie Rauch um jeden Zuhörer, voll Bosheit, eingehüllt in den Samt des vorgetäuschten Trostes.

Marcus wich zurück, sein Herz hämmerte gegen seine Rippen, als er rückwärts stolperte. Das war nicht mehr sein Freund, dieses Ding mit den Augen, die den Abgrund festhielten, und einem Lächeln, das Qual versprach. Er kämpfte darum, seine Stimme zu finden, Jona zu rufen, um ein Fragment seines alten Freundes zu betteln. Doch als sie Jonas auf die Stelle zugehen sah, an der Linda zuletzt gewesen war, stockte Marcus' Stimme, erstickt von der kalten Hand des Entsetzens, die ihre Kehle umklammerte.

»Wo ist sie?« Marcus gelang es, die Worte waren kaum mehr als ein Flüstern. Die Frage trug das Gewicht stillschweigender Furcht; Es ging nicht nur um den Ort – es war ein Plädoyer, ein Echo der Angst, dass Linda unerreichbar sein könnte, verzehrt von derselben Dunkelheit, die Jona jetzt für sich beanspruchte.

Jonas hielt inne, den Kopf mit dem Interesse eines Raubtiers geneigt, und seine Mundwinkel zuckten in einem spöttischen Ausdruck von Sicherheit. Er hob die Hand, und seine Finger tanzten unnatürlich in der Luft, als webte er nach Belieben seine eigenen Schatten. Die Geste suggerierte eine Vertrautheit mit der Dunkelheit, die kein einfacher Mensch besitzen sollte.

"Warte", intonierte Jonas, das einzige Wort, das vor Ironie triefte und mit einem Versprechen beladen war, das Marcus einen Schauer über den Rücken jagte. Es war keine Sicherheit, die Jona anbot; es war ein Anspruch, eine Behauptung der Kontrolle über etwas – oder jemanden –, den Marcus schätzte.

"Bleibt zurück!" Marcus' Stimme durchbrach ihre Angst, die von einer Verzweiflung durchdrungen war, die ihre bröckelnde Fassung verriet. Er musste Linda beschützen, sie vor dem Schicksal retten, das Jonas gefangen hatte. Doch als er seine Schultern aufrichtete und dem Gräuel vor sich gegenüberstand, wusste Marcus, dass der Kampf nicht gegen Fleisch und Blut geführt werden würde, sondern gegen eine Bosheit, die alle verderben wollte.

Jonas' Silhouette schwebte über Marcus, verzerrt und gestreckt durch den Tanz der Schatten in dem kerzenlosen Raum. Sein verzerrtes Lächeln war ein weißer Balken in der Dunkelheit, seine Zähne fletschten, als wollten sie das Licht selbst verschlingen.

"Ah, Marcus", glitt Jonas' Stimme heraus, tief und dick vor Bosheit. "Sie ist jetzt eine von uns. Linda sah die Wahrheit, nahm sie an. Sie hat sich unserer Seite angeschlossen."

Marcus zog sich zurück, sein Herz schlug in einem hektischen Rhythmus gegen seine Rippen. Die Worte waren ein Schlag in die Magengrube, der ihm den Atem aus den Lungen raubte. Er spürte, wie die Tentakel der Verzweiflung ihn umschlossen und sich mit jeder Silbe, die von Jonas' verdorbenen Lippen fiel, zusammenzogen. Schön, süß und lebendig Schön, eine von ihnen? Das konnte nicht sein.

"Hör auf zu lügen!" Marcus zischte, sein Flehen war von einem gequälten Rand durchzogen. Er kämpfte mit dem Unglauben, der ihn davor schützen konnte, Jonas monströse Behauptung zu akzeptieren.

Um sie herum tauschten die Freunde panische Blicke aus, ihre Angst war spürbar, als sie sich an die Wände drückten und Abstand von Jonas suchten. Flüstern von Flucht ging durch die schwüle Luft, aber niemand wagte es, eine Bewegung zu machen, gefangen in der Ungewissheit, wo die Sicherheit war – wenn sie überhaupt existierte.

"Weg von ihm!" Eine Stimme durchschnitt die Spannung, eindringlich und scharf. Marcus musste nicht hinsehen, um zu wissen, dass es Roy war. Sein schützender Charakter war schon immer sein bestimmendes Merkmal. Aber würde das reichen, um sie jetzt zu retten?

"Fenster!", rief ein anderer, und die Praktikabilität übernahm die Oberhand über die Panik. "Die Hintertür!"

Sie begannen sich zu zerstreuen, ihre Füße schleppten, ihre Hände glitten über die Oberflächen auf der Suche nach etwas, das sie erden konnte, nach etwas, das sie aus diesem Albtraum herausziehen könnte. Marcus fühlte, wie er gezogen wurde, ein Strom der Verzweiflung, der ihn zu dem Versprechen eines Auswegs zog, weg von dem Wesen, das Jonas' Gesicht trug.

"So früh laufen?" Jonas neckte ihn, und sein Lachen hallte wie der Tribut eines Todesurteils. "Ihr könnt nicht vor der Dunkelheit davonlaufen, meine Freunde. Sie ist schon hier."

Aber Marcus konnte nicht mehr hören. Nicht für Lügen, nicht für Drohungen. Er musste Linda finden, mit eigenen Augen sehen, was mit ihr geschehen war. Mit jedem Schritt, den er von Jonas entfernte, verhärtete sich Marcus' Entschlossenheit. Er ließ sich nicht von der Angst lähmen. Er würde handeln, auch wenn die Handlung bedeutete, tiefer in den Abgrund zu tauchen.

Marcus' Herz klopfte gegen seinen Brustkorb, ein heftiger Schlag, der ihn anspornte. Jeder Schatten schien sich bedrohlich zu kräuseln, als er den schwach beleuchteten Flur entlanglief, dessen einst vertraute Umrisse des Hauses nun seltsam und tückisch wirkten. Die anderen waren dicht hinter ihnen, und ihre Atemzüge hallten in der zunehmenden Stille wider.

»Hier unten!« rief er, als er die Umrisse der Hintertür erblickte, und seine bloße Existenz war ein Hoffnungsschimmer inmitten des herannahenden Schreckens.

Sie lehnten sich in eine scharfe Kurve, und die Dielen protestierten unter ihrem hektischen Gewicht. Marcus' Gedanken rasten, all die Horrorfilm-Klischees, die er je gesehen hatte, blitzten vor seinen Augen auf, aber das war keine Fiktion. Das war eine rohe, greifbare Angst, und sie packte sie alle in ihren eisigen Griffen.

"Geh weiter!" Er erkannte seine eigene Stimme nicht wieder, die angespannt und distanziert war, weil ihm das Blut in die Ohren schlug. Jedes Wort war ein Rettungsanker, der ins Chaos geworfen wurde und versuchte, sie an das Überleben zu binden.

Die Tür näherte sich, aber die Entfernung schien unüberwindlich, als ob sich der Raum zwischen ihnen durch böswillige Absichten dehnte und verzerrte. Marcus fand die Türklinke, seine Finger rutschten vor Schweiß und warf sein Gewicht gegen das Holz.

Er rührte sich nicht.

"Los geht's!" Roys Stimme klang verzweifelt und spiegelte den Riss in Marcus' Fassung wider. Verzweiflung erfasste sie, die Erkenntnis, dass sie nicht nur gegen Jona kämpften – oder was auch immer in ihm vorgegangen war –, sondern gegen eine unbekannte Macht, die sie einsperren wollte.

HÄNDE AN DEN DÄMON GEBUNDEN

"Zerstör es!" Es war ein aus der Not geborener Befehl, ein letzter verzweifelter Versuch, die Kontrolle über eine Situation wiederzuerlangen, die sich in einen Wahnsinn verwandelte.

Die Schultern klopften gegen die unnachgiebige Barriere, die Klänge ihrer Anstrengung waren eine Melodie des menschlichen Willens gegen übernatürliche Zurückhaltung. Mit jedem gescheiterten Versuch wuchs die Panik, die sie mit ihrer Intensität zu ersticken drohte.

"Schieben!" Rief Marcus und rief seine Freunde zu einer weiteren gemeinsamen Anstrengung auf. Und dann, inmitten des Lärms ihres Kampfes, durchdrang ein neuer Klang die Nacht – ein tiefes, gutturales Lachen, das von den Wänden zu kommen schien, die sie einschlossen.

Jonas.

Das Lachen war ein Vorbote des Untergangs, eine Erinnerung daran, dass der wahre Feind immer noch im Inneren war, während sie versuchten, zu entkommen, und ihre Situation genoss.

Mit einem letzten und verzweifelten Schlag öffnete sich die Tür und ergab sich ihrer kollektiven Macht. Sie stolperten in die Nacht hinein und schnappten nach frischer und unbefleckter Luft, auch wenn die Dunkelheit dahinter kaum eine Verschnaufpause versprach.

"Schau nicht zurück", keuchte Marcus, da er wusste, dass die Schrecken in ihm sie trotzdem verfolgen würden. Das Kapitel der Sicherheit war zu Ende; Eine neue, von Ungewissheit und Furcht geprägte Geschichte hatte begonnen.

Kapitel 5: Panik und Flucht

Als sich die Tür vor ihm mit einem schallenden Krachen schloss, fühlte Daniel, wie sein Herz gegen seine Brust hämmerte und die lauten Schläge seiner hektischen Schritte und denen seiner Freunde widerhallten. Er rannte, getrieben von einem Schrecken, der so ursprünglich war, dass er seiner Vernunft beraubt war. Neben ihm waren Roys Augen große Kugeln, die die gleiche Angst widerspiegelten, die Daniels Eingeweide kratzte, und vor ihnen keuchte Marcus in gezackten Hosen und versuchte, Schritt zu halten. Nun war Daniel allein im Haus geblieben, während er seine Freunde vor sich weggehen hörte.

Die Luft schien sich vor Panik zu verkrampfen, als sie den schwach beleuchteten Flur hinunterrasten, weg von dem Raum, in dem Jonas, ihr Kindheitsfreund, zu einem unkenntlichen Gefäß von etwas Unheimlichem geworden war. Die Erinnerung daran, wie Jonas' warmes Lächeln sich in ein groteskes Lächeln verwandelte, ließ Daniel die Haut kribbeln.

»Geh jetzt nicht, Danny«, ertönte eine Stimme, verzerrt und erschütternd, anders als jeder Ton, den Jonas je von sich gegeben hatte – eine Stimme, die über die Wände zu gleiten schien und Daniels Gedanken einhüllte.

Jonas stand am Ende des Ganges und versperrte ihm die Flucht. Seine einst sanften Augen waren jetzt Tümpel dunkler Dunkelheit, frei von Menschlichkeit und Wärme. Sie schienen das spärliche Licht zu trinken und ließen nur die Dunkelheit übrig, wo ihre Seele zu leuchten pflegte. Ihre Haut, blass und feucht, schien unter dem flackernden

Licht fast durchscheinend zu sein und verlieh ihr eine ätherische, grässliche Präsenz. Schatten hingen wie ein Leichentuch an ihm und bewegten sich unabhängig voneinander, als ob die Dunkelheit selbst lebendig wäre, und wanden sich unter seinem Fleisch.

"So früh laufen? Du wirst deinen Freund Jonas wirklich hier allein mit uns lassen." Der besessene Jonas legte den Kopf schief, die Geste war ungewöhnlich leise, als wären seine Knochen flüssig geworden. Dieser spöttische Tonfall, der vor Bosheit triefte, durchschnitt die Luft und ließ Daniel noch einen Moment lang an Ort und Stelle erstarren. "Wir haben gerade erst angefangen."

Mit jedem Wort, das Jona sprach, schien die Temperatur zu sinken und Daniels Atem in scharfen Zügen zu gefrieren. Die Stimme wurde nicht nur gehört; hallte in Daniels Wesen mit und trug das Gewicht von Albträumen und unsichtbaren Schrecken mit sich.

"Lass uns Verstecken spielen", fuhr Jonas fort und seine Lippen verzogen sich zu einem grausamen Lächeln.

Die Luft hing regungslos, dick vom Geruch von Schimmel und alter Farbe, der sich wie verwesende Haut von den Kellerwänden ablöste. Daniels Herz pochte in ihren Ohren, ein starker Kontrast zu der beklemmenden Stille, die sie umgab. Die Schatten schienen sich auf sie zuzustrecken, längliche Finger der Dunkelheit versuchten, sie zu packen und in den Albtraum zurückzuziehen, vor dem sie so verzweifelt zu fliehen versucht hatten. Eine einsame Lampe flackerte leise über ihm und warf einen unregelmäßigen Schein, der über Jonas verzerrte Züge tanzte und dann zurückwich, als fürchtete sich sogar das Licht selbst, bei dieser grotesken Verwandlung zu verweilen.

Daniels Brust zog sich zusammen, jeder Atemzug war ein Kampf gegen die erstickende Stille. Sein Blick richtete sich auf Jonas – nicht mehr der Freund, den er kannte, sondern ein Gefäß für etwas viel Unheimlicheres. Der Drang zu rennen schrie in ihm auf, aber seine Füße schienen auf der Stelle verwurzelt zu sein, eingesperrt von einer Loyalität, die das Geschöpf vor ihm nicht erkannte wie Jonas.

"Komm schon, Daniel", flüsterte er vor sich hin und kämpfte gegen die Lähmung, die ihn ergriffen hatte. "Du kannst ihn nicht retten, wenn er tot ist."

Aber es war nicht nur die Angst, die ihn festhielt; es war die Erinnerung an Lachen und Kameradschaft, an die unzähligen Male, die Jonas ihn unterstützt hatte, als die Welt zu viel schien, um sie allein zu ertragen. Wie konnte er ihn jetzt verlassen, selbst wenn derjenige, der ihn durch diese leeren, pechschwarzen Augen ansah, nicht mehr der Mann war, den er seinen Bruder nannte?

"Verdammt", murmelte Daniel, und seine Entschlossenheit verhärtete sich wie Stahl, der im Feuer gehärtet wird. Er wusste, dass das Wesen ein böses Spiel spielte, das darauf abzielte, die Bande ihrer Freundschaft zu zerreißen und sie in ihrem Schrecken isoliert zu lassen. Aber Daniel weigerte sich, sich von der Angst diktieren zu lassen. Mit einem Mut, der aus Verzweiflung geboren war, machte er einen zögernden Schritt vorwärts, auf die Dunkelheit zu, die Jonas Antlitz trug.

"Jona, wenn du noch da bist, kämpfe dagegen", flehte er leise, wohl wissend, dass diese Worte nutzlos waren, aber er konnte die Hoffnung nicht unterdrücken, dass sein Freund ihn irgendwie, irgendwie hören würde. Daniel verhärtete seine Nerven und war bereit, sich dem Abgrund zu stellen, der ihn mit grausamem Hunger anstarrte. Es war eine Herausforderung, die er nicht aus Rücksichtslosigkeit annahm, sondern aus einer tiefen Loyalität heraus, die der böswilligen Präsenz trotzte, die sie alle zu vernichten suchte.

"Ist es nicht süß?", murmelte die Stimme, eine Symphonie der Bosheit, die Jonas' vertrauten Ton in etwas Unkenntliches verwandelte. "Wie weit würdest du für ihn gehen, Daniel. Aber sag mir, verdient er eine solche Hingabe?"

Daniels Fäuste ballten sich, sein Mut war eine Glut in der eisigen Dunkelheit. "Halt die Klappe", knurrte er. "Du bist nicht er."

"Natürlich nicht", schnurrte das Wesen, und sein Lachen war ein misstönendes Echo im Raum. "Aber ich bin das, was übrig bleibt, wenn man den Vorwand wegnimmt. Angst, Daniel. Es ist alles, was real ist."

"Siehst du, wie leicht sie dich im Stich lassen?", neckte das Wesen und wandte seinen leeren Blick Daniel zu. "Loyalität ist nur eine zerbrechliche Sache, die bereit ist, unter Zwang zu zerbrechen."

"Genug!" erwiderte Daniel, und seine Stimme war eine Klinge, die die bedrückende Stille durchbohrte. "Ich werde nicht auf deine Lügen hören."

"Dann ist es vielleicht an der Zeit, die Wahrheit zu zeigen..." Das Wesen zischte, als seine Präsenz näher kam, eine greifbare Bedrohung, die die Luft zusammenzuziehen schien.

Eine Stille, so kalt wie das Grab, legte sich über den Raum, unterbrochen nur von dem fernen Geräusch von Roy und Marcus, die bereits auf der Flucht waren und das Haus verließen. Daniels Herz raste, jeder schlug einen Trommelschlag zu einem ungewissen Schicksal, während er der Dunkelheit mit einem Mut trotzte, der bald über alle Maßen auf eine Probe gestellt werden sollte.

Die Silhouette des Wesens schien anzuschwellen und die Dunkelheit wie einen Mantel zu enthüllen, als Daniel seine Schultern aufrichtete und einen trotzigen Schritt nach vorne machte. Sein Herz pochte gegen den Käfig seiner Rippen, aber der Schrecken, der ihn zu überwältigen drohte, wurde von einer unerschütterlichen Entschlossenheit überschattet; Jonas steckte immer noch irgendwo in dieser verdrehten Puppe.

"Ist schon in Ordnung", sagte Daniel mit ruhiger Stimme, trotz des Zitterns in seinen Händen. "Ich nehme deine Herausforderung an."

Die Gestalt des Wesens flackerte, die Schatten schwankten, als schwelgten sie in seiner Kühnheit. Eine Hand tauchte aus der Dunkelheit auf, die Finger ausgestreckt, die Haut bleich und wie Pergament über den Knochen gespannt. Daniel zögerte, nicht weil er an seiner Entscheidung zweifelte, sondern weil er das Gefühl hatte, an seinem eigenen Abgrund zu stehen.

Mit einem Atemzug, der nach Staub und Angst schmeckte, streckte Daniel die Hand aus. In dem Augenblick, als sein Fleisch die Hand dessen berührte, was jetzt Jonas war, lief ihm ein Schauer über den Arm. Der Griff des Wesens war fester, als er erwartet hatte, eisig und unnachgiebig, wie Fesseln, die in der kältesten Winternacht geschmiedet wurden.

Daniels Augen waren auf die Leere gerichtet, wo die Augen auf Jonas besessenem Gesicht hätten sein sollen. Da war keine Wärme, keine Spur von seinem Freund, nur die endlose Dunkelheit der Kreatur, die seinen Körper beherrschte. Der Druck um seine Hand nahm zu und drückte mit einer Autorität, die keinen Widerstand duldete, und Daniel erkannte die düstere Wahrheit – dass er nicht nur die Hand schüttelte, sondern einen Pakt mit einer Kraft schloss, die über sein Vorstellungsvermögen hinausging.

Sein Mut schwankte nicht, aber als sich der Griff des Wesens wie ein Schraubstock festigte, begriff Daniel, dass dies mehr als ein Test der Loyalität war; Es war ein Kampf um seine eigene Seele.

Daniels Puls donnerte in seinen Ohren, jeder Puls war eine deutliche Erinnerung an die gefährliche Kante, auf der er schwankte. Der Griff des Wesens war ein Anker, der ihn in unbekannte Tiefen zog, und sein eisiger Keller sickerte in sein eigenes Mark. Er spürte, wie sich seine Entschlossenheit verhärtete wie Stahl, der zu Feuer gehärtet wurde, und die Angst, die einst seinen Geist vernebelt hatte, einem kristallklaren Sinn wich.

"Ist das deine Überzeugung, Daniel?" Jonas Stimme war nicht mehr die seine; Es hallte mit dem Timbre von Albträumen wider, die gegen die kalten Steinwände des Kellers hallten. "Deine Loyalität ist lobenswert, aber so... zerbrechlich."

Daniel spürte, wie die Worte über seine Haut krochen und versuchte, seine Rüstung des Mutes zu durchdringen. Aber er blieb standhaft, und das Bild von Jona, wie er gewesen war – lachend, lebendig vor menschlicher Wärme – nährte seinen Trotz. Auf diese Erinnerung bereitete er sich vor, bereit, sich jeder verdrehten Tortur zu stellen, die sich das Wesen ausdenken würde.

"Zerbrechlich vielleicht", gelang es Daniel, und seine eigene Stimme war ein zackiges Flüstern gegen die jenseitige Resonanz, "aber trotzdem unnachgiebig."

Die Luft knisterte vor Spannung, aufgeladen wie Statik vor einem Sturm. Daniel spürte, wie sich etwas im Raum veränderte, die Schatten dehnten und wanden sich, als wären sie lebendig. Die Dunkelheit schien zu pulsieren und sich immer enger um ihn zu ziehen, bis er fast das Flüstern dunkler Tentakel hören konnte, die über sein Gesicht fuhren.

Der Leser, der nun in Daniels Situation gefangen war, blätterte die Seite um, und sein eigener Puls beschleunigte sich in Erwartung dessen, was kommen würde.

AKT 2 - ZUNEHMENDE Spannung:

Kapitel 6: Der Griff der Dunkelheit

Daniels Hand zitterte wie ein Blatt, das in einem Herbststurm gefangen ist, als er die Hand nach dem sich nähernden Wesen ausstreckte. Sein Puls hämmerte gegen seinen Brustkorb, und jeder von ihnen schlug ein donnerndes Echo in seinen Ohren.

"Daniel", ertönte die Stimme, ein schauriges Flüstern, das sich in sein Bewusstsein schlich. Es war nicht laut, aber es durchschnitt die Stille mit einer fast chirurgischen Präzision. "Daniel Wellington, Träger von Geheimnissen... Träger der Schuld".

Die Worte umhüllten ihn, eine gespenstische Liebkosung der Vergangenheit, die jede Kontur seiner Seele kannte. Es war die Stimme des Dämons, ein Geräusch, das so kalt war, dass es das Blut in der Mitte der Vene gefrieren lassen konnte. Dabei kamen Erinnerungen zum Vorschein, die Daniel lange Zeit unter Schichten von Entschlossenheit und Pflicht begraben hatte.

"Erinnerst du dich an die Versprechen, die du gebrochen hast? Die Lügen, die du erzählt hast?" Das Flüstern nahm an Intensität zu, nicht an Lautstärke, sondern an Gewicht, das es auf seinem Herzen lastete. "Du versteckst dich in Treue und Liebe, aber tief in deinem Inneren kennst du die Wahrheit."

Daniels Kehle schnürte sich zu, der Geschmack alter bitterer Reue auf seiner Zunge. Die Hand des Wesens war jetzt nur noch wenige Zentimeter von seiner entfernt, seine Finger skelettiert und länglich, eine Verkörperung all der Fehler, die er je gemacht hatte. Daniel fühlte, wie die bedrückende Atmosphäre wie ein zweiter Latexanzug an seiner

Haut haftete, die Wände des Hauses schlossen sich und spiegelten die Gefangenschaft seiner eigenen gespenstischen Gedanken wider.

"Schau dich an", fuhr der Dämon fort, unerbittlich in seinem psychologischen Angriff. "Ein Mann mit Verantwortung, aber gequält von den Schatten seiner Vergangenheit."

Daniel wollte einen Schritt zurücktreten, seine Hand zurückziehen und vor der Präsenz davonlaufen, die er zu sehr kannte. Aber sein Gefühl des Schutzes, sein unerschütterliches Bedürfnis, seine Familie vor dieser Dunkelheit zu schützen, verankerten ihn an Ort und Stelle. Er konnte nicht zulassen, dass Angst sein Handeln diktierte – nicht, wenn es um diejenigen ging, die er liebte.

"Kannst du wirklich sagen, dass es der Mann war, den sie verdient haben?", fragte die Stimme und verspottete ihn mit seinen tiefsten Unsicherheiten.

Mit jedem Wort, das der Dämon sprach, schien der Raum kälter zu werden, und das Rascheln der Vorhänge hallte wie geisterhaftes Flüstern im Chor mit der Stimme des Wesens wider.

Und dort, im Herzen seines Hauses, stand Daniel seinem dunkelsten Widersacher von Angesicht zu Angesicht gegenüber und sah sich dem Abgrund in sich selbst gegenüber.

Daniels Muskeln spannten sich an, seine Instinkte schrien nach ihm, er solle sich aus der unnatürlichen Kälte zurückziehen, die aus den Fängen des Wesens entwich. Er zuckte zurück, ein Adrenalinstoß befeuerte seinen verzweifelten Versuch, sich zu befreien. Aber die Finger des Dämons schlossen sich mit eiserner Kraft um die seinen, und seine Berührung saugte die Hitze aus seiner Haut.

"Was glaubst du, wohin du gehst, Daniel?", flüsterte er, und seine Stimme war ein schlangenartiges Zischen, das sich in sein Ohr schlich. "Du kannst den Wahrheiten, die ich in mir trage, nicht entkommen."

Panik erfasste Daniels Brust, jeder Atemzug war kürzer und schärfer als der letzte. Seine Hand steckte in einem Schraubstock, und der Griff des Wesens war unnachgiebig, als er ihn seinem unförmigen Schatten näher brachte.

"Lass mich gehen!" Daniels Stimme brach, sein ruhiges Äußeres zerbröckelte unter dem Gewicht seiner Angst.

»Ah, aber wir fangen doch erst an!« murmelte der Dämon und freute sich über die Qualen, die er seiner Seele zufügte. "Erinnerst du dich an die Nacht, in der die Begierden deines Herzens dein Pflichtgefühl überwältigten? Der Reiz der Versuchung hat sich selbst für einen Mann wie dich als zu stark erwiesen.«

Daniels Gedanken schwankten, Bilder dieser schicksalhaften Nacht türmten sich vor seinen Augen ab – Momente, die er tief in den Tiefen seines Gedächtnisses vergrub und hoffte, dass sie nie wieder auftauchen würden. Die Schuld, akut und bitter, überflutete seine Sinne.

»Still!« befahl er, obwohl seine Stimme nicht überzeugt war.

"Deine Familie ist sich der Sünden, die du verborgen hast, nicht bewusst", fuhr der Dämon fort und drückte, als würde er die Reue aus Daniels Wesen pressen. "Aber ich sehe alles, Daniel. Du kannst dich nicht vor mir verstecken."

Der Raum schien sich zu drehen, die Wände hallten von den Offenbarungen des Dämons wider. Daniel fühlte sich bloßgestellt, die Fassade des festen Beschützers zerbrach unter dem Druck seiner eigenen Unvollkommenheiten.

"Bitte", keuchte er und kämpfte gegen die unterdrückende Kraft. "Ich habe für diese Fehler bezahlt."

"Und doch bist du hier", neckte der Dämon, "immer noch von den Schatten deiner Vergangenheit heimgesucht und immer noch befürchtet, dass sie an die Oberfläche kommen. Wie edel kann man sein, wenn eine solche Dunkelheit unter der Oberfläche lauert?"

Daniels Entschlossenheit geriet ins Wanken, als er erkannte, dass dieser Kampf nicht nur gegen ein äußeres Böses führte, sondern auch gegen die inneren Dämonen, für deren Überwindung er unermüdlich

HÄNDE AN DEN DÄMON GEBUNDEN 37

kämpfte. Er wusste jetzt, dass wahrer Mut bedeutete, sich ihnen frontal zu stellen und den unvollkommenen Menschen hinter der Maske der Verantwortung und Loyalität zu erkennen, die er so eifrig vor der Welt trug.

In diesem Augenblick knallte die Tür gegen die Wand mit einer Wucht, die dem Sturm entsprach, der im Herzen von Chris Wellington tobte, der den Raum betrat. Ihr Atem kam in scharfen, entscheidenden Schüben, als sie die Szene vor sich betrachtete: Daniel, ihr Fels, ihr unerschütterlicher Partner im chaotischen Tanz des Lebens, war im Griff von etwas Unheiligem.

"Daniel!" Seine Stimme durchschnitt die dicke, elektrisierende Luft, eine Klinge, die aus purer Entschlossenheit geschmiedet wurde.

Chris' Augen huschten durch den Raum und nahmen die flackernde Kerze wahr, die längliche Schatten auf die Wände warf, Schatten, die von bösartigen Absichten zu pulsieren schienen. Sie erkannte die Zeichen, die verräterischen Kennzeichen einer übernatürlichen Präsenz, die sie in ihren Begegnungen mit dem Übernatürlichen nur allzu gut zu erkennen lernte. Die Hand ihres Mannes war mit der eines unsichtbaren Wesens verschränkt, ihre Knöchel waren weiß vor Anstrengung und Angst.

Ohne zu zögern ging Chris weiter, jeden ihrer Schritte von ihrem Urinstinkt getrieben, ihre Familie zu beschützen. Die Kerze – ihre Flamme tanzte spöttisch – stand auf dem uralten Eichentisch, der seit Generationen in Daniels Familie war. Es war das Leuchtfeuer, das die Finsternis an sein Reich band, an Jona, dessen Körper nun als Schlachtfeld für unvorstellbare Mächte diente.

"Lass ihn gehen, du Bastard", spuckte sie aus, und ihre Stimme war ein grimmiges Flüstern, das die Last unzähliger Nächte trug, in denen sie die Bedrohungen abgewehrt hatte, die sich in ihr Leben eingeschlichen hatten.

Seine Hand schoß unerschütterlich und schnell auf das Segel zu. Mit einer schnellen Bewegung klemmte sie den Docht zwischen ihre

Finger, und die Hitze der Flamme brannte auf ihrer Haut – ein Schmerz, den sie begrüßte, wenn es bedeutete, die Verbindung zwischen dem Dämon und Jona zu durchtrennen. Das Licht schwankte, tanzte für einen letzten Moment und erlag dann der Dunkelheit, die hereinströmte, um die Leere zu füllen.

Die Zeit schien sich zu verlangsamen, als Chris' Hand über dem flackernden Segel schwebte. Eine Schweißperle lief ihm an der Schläfe herunter und trotzte der Kälte, die sich im Raum festsetzte. Seine Augen, die die letzten Lichtblitze reflektierten, waren Tümpel von entschlossener Klarheit. Kein Zittern verriet seine Absicht; Sie war der unbewegliche Punkt in einem Strudel dunkler Mächte, die um ihre Familie kreisten.

Mit jedem flachen Atemzug wurde Chris stärker und konzentrierte sich auf die kleine Flamme, die so sehr dominierte. Das Kerzenlicht warf einen unheimlichen Schatten auf ihr Gesicht, der ihren festen Kiefer und die feste Linie ihres Mundes hervorhob. In diesen flüchtigen Sekunden war sein kleiner Körper eine Bastion gegen die eindringende Dunkelheit, die Verkörperung der schützenden Wut.

Dann atmete Chris mit einer Entschlossenheit, die die Ernsthaftigkeit der Tat Lügen strafte, tief durch und verwies ihn gewaltsam. Der Luftstoß aus seinen Lungen schlug wie ein stiller Sturm gegen das Segel. Das Licht, das einst trotzig war, schrumpfte und zitterte, bevor es der unvermeidlichen Nacht erlag.

Während der Docht in Vergessenheit brannte, wurde der Raum von einer undurchdringlichen Dunkelheit umhüllt. Die Abwesenheit der Flamme war unmittelbar und total, eine Dunkelheit, die so tief war, dass sie Klang und Hoffnung zu absorbieren schien. Aber in dieser Leere blieb Chris unerschüttert, sein Herz schlug in einem wilden Rhythmus von Sieg und Trotz in der stillen Nachwirkung.

In der drückenden Dunkelheit, die nun den Raum bedeckte, spürte Daniel eine subtile Veränderung. Die überwältigende Kraft, die der Griff des Wesens an seinem Handgelenk gewesen war, begann

HÄNDE AN DEN DÄMON GEBUNDEN

nachzulassen, als ob die erloschene Kerze die Quelle seiner Macht gewesen wäre. Seine Haut, die einst unter der Berührung des unsichtbaren Angreifers eisig war, wurde wärmer, und die betäubende Kälte wich zurück wie eine Flut, die sich vom Ufer entfernt. Er spürte, wie der Dämon wankte, sein eiserner Griff zitterte und sich lockerte.

Ein leises Brummen begann die Luft zu erfüllen, ein Vorbote von etwas Stärkerem. Es verwandelte sich schnell in ein Heulen, als protestierten die Wände des Raumes gegen die Anwesenheit des Eindringlings in ihrem Inneren. Dann, ohne Vorwarnung, brach ein heftiger Windstoß los, der Papiere in Wirbeln wirbeln ließ und die Vorhänge in einem wilden Tanz peitschte.

Daniels Haare waren von dem plötzlichen Sturm zerzaust, ein chaotisches Ballett, das sich chaotisch und zielstrebig anfühlte. Das Flüstern des Dämons wurde von dem Gebrüll übertönt und von dem Strudel verschluckt, der nun den Raum beherrschte. Es war ein fast körperliches Gefühl, als die Bösartigkeit abgestreift wurde, vom Wind weggeweht, als wäre es nichts weiter als Rauch, der aus einem Schornstein verbannt wird.

So schnell, wie er begonnen hatte, ließ der Sturm auch nach und hinterließ nur das Geräusch von schwerem Atmen in der Dunkelheit. Daniel stand still und spürte die Abwesenheit der Berührung des Wesens, fast ungläubig, dass das Ungreifbare eine so greifbare Leere hinterlassen konnte. Die Luft, einst dick von Bosheit, schien jetzt rein, als wäre der Wind ein reinigender Hauch gewesen, der aus der jenseitigen Welt geschöpft worden war.

Daniel fiel zu Boden, seine Knie gaben sowohl vor Schreck als auch vor Müdigkeit nach. Seine Brust rang nach Luft, und jeder Atemzug war ein zitternder Seufzer, der sehr laut in dem nun stillen Raum widerhallte. Die kalte Berührung des Wesens war verschwunden und hinterließ nur die Wärme ihrer eigenen schweißgetränkten Handfläche, in der sie zuvor gefangen gewesen war.

"Daniel!" Chris' Stimme drang durch das schwache Licht, seine Silhouette war ein Leuchtfeuer in den verweilenden Schatten. Im Nu war sie an seiner Seite, und ihre Hände musterten ihn mit geübter Dringlichkeit. "Schau mich an, Daniel. Du bist jetzt in Sicherheit."

Ihre Worte waren ein Rettungsanker, und er klammerte sich an sie und konzentrierte sich auf die ständige Präsenz, die sie immer an den Tag legte. Mit zitternden Gliedern richtete er sich auf und fühlte, wie der Raum vor Anstrengung schwankte. Chris' Augen hielten seine hell und unerschütterlich fest und führten ihn zurück in die Realität.

"Jonah", knurrte Daniel mit rauer Stimme.

Gemeinsam wandten sie ihre Aufmerksamkeit Jonah zu, der in der Nähe ausgestreckt lag, sein Körper regungslos und ruhig. Sein Gesicht, das sich kurz zuvor zu einem gequälten Rictus verzerrt hatte, wirkte jetzt friedlich, fast entspannt.

"Jonas?" Rief Chris leise und streckte die Hand aus, um eine Strähne dunkler Haare von seiner Stirn zu streichen.

Langsam öffneten sich Jonas' Augenlider und enthüllten verwirre, aber klare Augen. Er atmete tief ein und zitterte, als käme er aus einem tiefen Tauchgang, und zitterte vor Leichtigkeit, die ihm nach der Last des Besitzes seltsam vorgekommen sein musste.

"Chris? Daniel?" Seine Stimme war schwach und desorientiert, aber es war unverkennbar seine eigene.

"Hey, das sind wir. Es geht dir gut", sagte Daniel und fand ein wenig mehr Kraft zum Sprechen. Eine Mischung aus Erleichterung und Besorgnis verband ihren Tonfall.

Mit Chris' Unterstützung taumelte Daniel auf die Füße, so dass sie gemeinsam Jonas sanft vom Boden hoben. Jeder von ihnen trug das Gewicht des anderen, während sie Jona zwischen ihnen stabilisierten. Es bedurfte keiner Worte – ihre Taten sprachen von der Verbundenheit, die sie teilten, von dem unausgesprochenen Vertrauen und der tief verwurzelten Verbindung, die sie zuvor durch die Dunkelheit geführt hatte.

"Draußen... Ich muss raus", murmelte Jonas mit immer noch schwacher, aber eindringlicher Stimme. "Los geht's. Langsam", antwortete Chris mit fester, aber zärtlicher Stimme.

Schritt für Schritt navigierten sie durch die Überreste des rituellen Chaos und unterstützten sich gegenseitig, während sie sich in Sicherheit brachten und sich vom Ort ihrer letzten Konfrontation mit den unsichtbaren Schrecken entfernten, die die Räume ihres Hauses heimsuchten.

Der beklemmende Schatten, der an den Ecken des Zimmers haftete, begann sich zu verflüchtigen und löste sich auf wie ein Gespenst im Morgengrauen. Ein sanftes Licht ging von draußen aus, drang durch die Vorhänge und warf ein sanftes Licht auf die drei erschütterten Gestalten. Daniels Herzschlag hallte noch in seinen Ohren wider und beruhigte sich langsam, als die böse Macht, die in sein Haus eingedrungen war, sich in Nichts aufzulösen schien.

"Lass uns hier rauskommen", flüsterte Chris, und in seiner Stimme klang ein Zittern von anhaltender Angst, gemischt mit Entschlossenheit.

Daniel nickte und spürte, wie die Festigkeit in seine Beine zurückkehrte, als er Jonah stützte. Sie bewegten sich zusammen, ein Trio, vereint durch gemeinsamen Schrecken und Triumph, ihre Schritte vorsichtig, aber sicher durch die Holzdielen, die jetzt mit einer Normalität knarrten, die seltsam wirkte.

Jona stolperte leicht, sein Geist war ein verwirrter Nebel. "Ich erinnere mich nicht ... Ist er in mich eingedrungen?« Seine Worte waren voller Verletzlichkeit, das charismatische Selbstbewusstsein, das ihn normalerweise auszeichnete, wurde abgestreift, um das rohe Unwohlsein darunter zu enthüllen.

»Was auch immer war, es ist weg«, versicherte Daniel, obwohl seine eigene Gewißheit schwankte wie die Flamme einer Kerze im Luftzug.

Als sie die Schwelle des Hauses erreichten, begrüßte sie die Nachtluft mit ihrer kalten Umarmung. Der Geruch von nassem Gras und Schmutz wirkte wie ein Balsam und verankerte sie in der Realität außerhalb der verwunschenen Mauern. Gemeinsam gingen sie, und die Tür schloss sich hinter ihnen mit einer finsteren Absicht, die darauf hindeutete, dass es sich nicht um ein Ende, sondern um einen Waffenstillstand handelte.

Die Erschöpfung zerrte an ihren Gliedern und zwang sie, auf dem taufeuchten Rasen zusammenzubrechen. Der Himmel über ihnen war ein Teppich aus Sternen, deren funkelnde Lichtpunkte ein Gegenpol zu der Dunkelheit waren, der sie von innen heraus gegenübergestanden hatten. Daniel legte sich hin, der Boden unter ihm war ein fester Trost, während er schwer atmete und jedes ein wenig mehr von der Panik zerstreute, die ihn überwältigt hatte.

"Daniel?" Chris' Stimme durchbrach ihre Träumerei, ihre Hand griff nach seiner.

Er wandte sich ihr zu und sah in ihren Augen seine eigene Müdigkeit und die wilde Entschlossenheit, die sie angetrieben hatte, widergespiegelt. Sie umarmten sich, ihre Körper zitterten, nicht nur von der Kälte der Nacht, sondern auch von dem Adrenalin, das immer noch durch ihre Adern floss. In diesem Moment fanden sie ineinander ein Heiligtum – zwei Seelen, die gemeinsam einen weiteren Sturm überstanden hatten und in ihrer Einheit Kraft fanden.

Daniel und Chris hielten sich in den Armen und drückten wortlos ihre Erleichterung und Liebe aus. Sie saßen dort am Rande von Daniels Grundstück, unter dem wachsamen Auge von Sternbildern, die Jahrtausende menschlicher Drangsal miterlebt hatten, eine weitere Geschichte, die der rätselhaften Geschichte des Dorfes hinzugefügt wurde.

"Danke", sprach Jonas leise und brach das Schweigen, und seine Dankbarkeit umfasste mehr, als Worte ausdrücken konnten.

"Wir sind eine Familie", antwortete Chris mit ruhiger Stimme, trotz des Zitterns, das immer noch durch sie hindurch ging. "Wir kümmern uns umeinander."

Und in dieser einfachen Aussage fanden sie die Wahrheit, die sie durch die Dunkelheit führen würde, die kommen sollte.

Die kalte Luft umhüllte Daniel und Chris wie ein Leichentuch, als sie auf dem Gras saßen, ihre Umarmung eine Bastion gegen die Nacht. Jonas war ein paar Schritte entfernt, seine Augen weit weg, verloren im Echo einer Erfahrung, an die er sich nicht erinnern wollte. Die Sterne über ihnen funkelten gleichgültig und warfen ein schwaches Licht auf das Trio, das gerade dem Abgrund getrotzt hatte.

"Geht es dir gut?" Fragte Daniel Chris und trat ein wenig zurück, um ihm ins Gesicht zu sehen. Seine Stimme war ein leises Grollen, aufgeladen von Sorge und einem Rest von Schrecken.

Chris nickte, seine Lippen pressten sich fest. »Ich bleibe«, flüsterte sie, und ihr Blick hielt seinen fest. "Das werden wir beide sein."

Doch als sie sich aus dem verzweifelten Griff von Angst und Erleichterung befreiten, schien die Welt stehen zu bleiben und schwankte zwischen Normalität und Chaos. In der Stille, die folgte, flüsterte der Wind durch die Bäume und flüsterte Geheimnisse, die nur die Dunkelheit kannte. Es war eine Erinnerung daran, dass das, was sie gefunden hatten, kein isoliertes Übel war – es war Teil von etwas Größerem, etwas, das nicht mit einem bloßen Schlag gegen die Flamme einer Kerze ausgelöscht werden konnte.

"Daniel." Chris' Hand traf wieder auf seine, ihre Finger verschränkten sich mit seinen. "Es ist noch nicht vorbei, oder?"

Er sah sie an, die Frau, die sich dem Dämon neben ihm gestellt hatte, ihre Kraft unnachgiebig, selbst als die Schatten ihr Leben zerkratzten. Er wollte ihr sagen, dass sie jetzt in Sicherheit waren, dass der Albtraum vorbei war und das Gespenst verschwunden war. Aber die Wahrheit war eine schwerere Last, die sich in seiner Brust niederließ und seine Kehle zuschnürte.

"Nein, es ist noch nicht vorbei", gab Daniel zu, und seine Stimme war kaum mehr als ein Gemurmel. "Aber heute Abend haben wir es geschafft. Und wir werden uns dem Morgen gemeinsam stellen, wie wir es immer tun."

Sie standen da, die Körper noch immer von den Nachbeben ihrer Tortur zitternd, und erhoben sich inmitten der Unsicherheiten, die ihren Weg umgaben. Daniel spürte, wie sich die Entschlossenheit in ihm verhärtete, der Beschützer, der Hüter seiner Familie, bereit, sich jeder Dunkelheit zu stellen, die kommen mochte.

"Das ist also alles, was im Moment zählt", sagte Chris und schüttelte die Hand mit einer Überzeugung, die seinen kleinen Körper Lügen strafte.

Mit einem letzten Blick auf das Haus, das zu einem Schlachtfeld der Seele geworden war, traten sie vor und ließen das Flüstern des Windes und die schaurige Berührung des Unsichtbaren hinter sich. Seine Schritte waren bedächtig und vorsichtig, aber nicht wankend. Als sie von zu Hause wegzogen, schloss sich das Kapitel, nicht mit Glück, sondern mit dem Versprechen auf bevorstehende Schlachten.

Kapitel 7: Gespenstische Erinnerungen

Die Herbstblätter hatten bereits ihre Kaskade von Bäumen aus der Nacht begonnen, die die Familie Wellington bis ins Mark erschütterte. Wochen vergingen, und obwohl die Schatten dieser Nacht noch an den Rändern ihrer Gedanken hafteten, war der Rhythmus des Lebens zu seinem beruhigenden Rhythmus zurückgekehrt. Daniel sah seiner Tochter Susie zu, wie sie im Hof herumspielte, und ihr Lachen war eine Melodie, die die anhaltende Anspannung in seinen Schultern löste. Chris stand am Küchenfenster, sein Blick folgte Susies Bewegungen mit den wachsamen Augen einer Mutter, aber da war ein Lächeln auf seinen Lippen, ein Zeichen dafür, dass das Gefühl der Normalität langsam wieder in ihr Leben eingenäht wurde.

»Herr Schnurrbart sagt, er kann höher als den Zaun springen!« Susie verkündete es mit Freude. Ihr kleiner Körper zuckte energisch auf, als sie so tat, als würde sie neben ihrem unsichtbaren Begleiter springen.

»Ist das so?« rief Daniel von seinem Platz auf der Veranda aus, und ein Lächeln stieg auf seinem Gesicht auf. Er staunte darüber, wie seine Vorstellungskraft lebendige Striche auf die Leinwand der Realität malte und Charaktere und Abenteuer aus dem Äther seines Geistes zum Leben erweckte.

»Jawohl! Schauen Sie sich das an!" Susie ging in die Hocke, ihre kleinen Hände um den Mund gelegt, als würde sie ein Geheimnis mit der Luft neben ihr teilen. Dann sprang sie auf, ihr dunkles Haar fiel zurück wie der Schweif eines Kometen und lachte, als sie sich vorstellte, wie Mr. Whiskers das gleiche Kunststück vollbrachte.

"Wow, ihr zwei seid Wahnsinnsspringer", applaudierte Daniel und freute sich über die Verspieltheit seiner Tochter. Er sah Chris an, der nickte und leise seine gemeinsame Wertschätzung für diese flüchtigen Momente des Wunders in der Kindheit zum Ausdruck brachte.

»Mr. Whiskers will jetzt einen Keks«, erklärte Susie und hielt inne, als hörte sie eine unhörbare Antwort. "Er dankt dir, weil er weiß, dass du ja sagen wirst."

Daniel lachte. »Nun, sagen Sie Mr. Whiskers, daß er sehr willkommen ist, aber nur, wenn er dafür sorgt, daß Susie zuerst zu Mittag isst.«

"Okay, Papa!" Susie lächelte und sprang mit der unbeschwerten Freude, die nur ein Kind in Begleitung seiner imaginären Freundin besitzen konnte, auf das Haus zu.

Für eine kurze Zeit erlaubten sich die Wellingtons, sich in der Unschuld von Susies Spielen zu sonnen, während das Gespenst dieser erschütternden Nacht mit jedem freudigen Austausch weiter in die Vergangenheit zurücktrat. Die Welt mit all ihrer verborgenen Dunkelheit konnte warten – heute war ein Tag des Lachens und des Glaubensvorschusses, auch wenn einige davon mit Freunden geteilt wurden, die nur Susie sehen konnte.

Aus den Tagen wurden Wochen, seit der Schatten dieser Nacht über Wellingtons Haus hing. Das Lachen war zurückgekehrt und mit ihm ein Anschein von der Routine, die sie einst für selbstverständlich gehalten hatten. Doch als das Herbstlaub den Boden in Orange- und Rottönen zu färben begann, schlich sich eine subtile Veränderung in ihr Leben, die zunächst kaum wahrnehmbar war.

Susies Gespräche mit Mr. Whiskers wurden länger, ihre Aufmerksamkeit verankerte sich zunehmend in den Räumen, in denen nur sie ihn zu sehen schien. Manchmal ertappte Daniel sie dabei, wie sie ausdruckslos in eine Ecke ihres Zimmers starrte, ihre hellen Augen von etwas wie Angst umwölkt waren, anstatt wie üblich lebhaft zu plaudern.

"Schatz, was hat Mr. Whiskers gesagt?" Fragte Daniel eines Nachts sanft, als er neben Susies Bett kniete, wo sie zusammengerollt unter der Decke saß, ihr kleiner Körper starr.

"Er ... er mag die Dunkelheit nicht", flüsterte Susie mit kaum hörbarer Stimme. "Er sagt, dass Dinge in ihm verborgen sind."

"Zeug?" Daniels Herz raste, ein vertrauter Schauer lief ihm über den Rücken. Er streckte die Hand aus, um ihr Haar zu glätten, und versuchte, ihr durch Berührung Trost zu spenden. "Schatz, es ist nur ein altes Haus. Manchmal macht es Geräusche. Hier gibt es nichts, was ihm wehtun könnte."

Susie biss sich auf die Lippe, nicht überzeugt. "Er sagte, sie flüstern seinen Namen."

Daniel kuschelte sich an sie und drückte ihr einen Kuss auf die Stirn. Als er jedoch aufstand und das Nachtlicht einschaltete – ein Neuzugang –, konnte er die Angst nicht abschütteln, die durch die Ritzen seiner wiederhergestellten Normalität sickerte.

In den nächsten Tagen musste Daniel hilflos zusehen, wie die Lebensfreude seiner Tochter nachließ. Susies Mahlzeiten blieben unberührt; Seine Schritte, einst ängstlich, jetzt zögernd und langsam. Sie klammerte sich an ihre Mutter oder ihren Vater, wenn von Mr. Whiskers die Rede war, und ihre kleinen Hände umklammerten die ihrigen mit einer Verzweiflung, die ihr Alter Lügen strafte.

"Alles wird gut", beruhigte Daniel sie mehrmals, obwohl seine eigene Überzeugung schwand. "Papa ist hier und ich werde nicht zulassen, dass dir etwas Schlimmes passiert."

Aber wie bekämpft man einen Feind, der hinter dem Schleier der kindlichen Fantasie lauert? Wie verbannt man eine Präsenz, die einem wie Nebel durch die Finger gleitet?

Die Dunkelheit, so schien es, begnügte sich nicht damit, eine Erinnerung zu bleiben. Er lauerte, geduldig und heimtückisch, und wartete darauf, dass ein Riss einsickerte. Und als Susies Lachen verstummte und durch ein schweres Schweigen mit unausgesprochenen Ängsten ersetzt wurde, wusste Daniel, dass der Kampf noch lange nicht vorbei war. Das Gespenst dieser gefährlichen Nacht war nicht verschwunden; Er lag einfach nur schlafend da und wartete auf die Zeit, bis er seine kalten Finger wieder in Richtung Familie ausstrecken konnte. Und dieses Mal wählte er die Verletzlichsten unter ihnen als sein Gefäß.

Die Küche war in den sanften Schein der Morgensonne getaucht, aber der übliche Chor klirrender Teller und Susies fröhliches Geplapper waren auffallend abwesend. Daniel setzte sich an den Tisch, die Hände in eine lange gekühlte Kaffeetasse gewickelt. Vor ihm wiegte Chris seine eigene Tasse, seine Augen waren von Sorge beschattet.

"Daniel", begann sie mit einer Stimme, die kaum mehr als ein Flüstern war, "sie spricht nicht mehr nur mit leeren Räumen. Es ist wie... Was auch immer dieser 'Freund' ist, er wird zu einem Teil unseres Lebens."

Er nickte und spürte, wie das Gewicht ihrer Angst seine eigene erhöhte. »Ich weiß«, erwiderte er, und sein ruhiger Ton täuschte über die innere Unruhe hinweg. "Sie hat Angst, Chris. Letzte Nacht ist sie schreiend aufgewacht, weil Mr. Whiskers gesagt hat, er wolle im Dunkeln Verstecken spielen, an Orten, wo wir sie nicht finden konnten."

Chris schauderte und ihre Hand streckte sich aus, um seine zu berühren. "Wir müssen etwas tun. Wir müssen dich beschützen, Daniel. Es wird immer schlimmer."

Ehe Daniel antworten konnte, durchbrach ein schriller Schrei die Stille des Hauses. Beide Eltern zuckten augenblicklich zusammen, ihre Stühle kippten zurück, als sie die Treppe hinaufeilten, geleitet von dem erschütternden Geräusch des Schreckens ihrer Tochter.

Sie fanden Susie in ihrem Zimmer, in die Enge getrieben. Ihr kleiner Körper zitterte heftig, ihre glühenden Augen weiteten sich vor

Entsetzen, als sie auf die gegenüberliegende Wand starrte. Daniel nahm sie in seine Arme, sein rasender Herzschlag lag gegen seiner Brust.

"Schatz, was ist passiert?", fragte er und versuchte, sie durch seine Anwesenheit zu beruhigen.

"Herr Schnurrbart... Er wollte mich wegbringen«, wimmerte Susie und klammerte sich an ihren Vater. "Er sagte, wenn ich nicht mit ihm ginge, würde er dich und Mama verschwinden lassen."

Chris kniete neben ihnen, sein Gesicht bleich. "Niemand bringt dich irgendwohin, und wir gehen auch nirgendwo hin", sagte sie heftig. "Du bist bei uns immer sicher."

Daniel begegnete dem Blick seiner Frau über Susies Kopf, und es herrschte eine stumme Kommunikation zwischen ihnen. Sie waren sich einig in ihrer Entschlossenheit, auch wenn ihn die Unsicherheit plagte. Er hielt seine Tochter fester, der schützende Kreis seiner Arme war eine Barriere gegen die unsichtbare Bedrohung, die seine Welt erneut zu zerstören drohte.

Daniels Finger flogen über die Tastatur, das schwache Leuchten des Computerbildschirms war das einzige Licht im Raum. Er hatte nun Stunden damit verbracht, über digitalen Archiven, lokalen Geschichten und alten Zeitungsausschnitten zu brüten, die Licht in die makabre Vergangenheit seines Hauses werfen könnten. Jeder Klick führte ihn in eine weitere Sackgasse, jede gescannte Seite war ein stummes Zeugnis seines wachsenden Unbehagens.

"Komm schon, da muss doch was sein", murmelte er leise und seine Augen waren halb geschlossen, während sie sich Zeile für Zeile durch den Text bewegten, der zu verschwimmen schien.

Wellingtons Haus, ein Gebäude, das in seinen Mauern eine Geschichte aus Flüstern und Schatten enthielt, bot keine Antworten. Daniel spürte das Gewicht jeder vergeblichen Suche – eine greifbare Manifestation des Grauens, die sich mit jedem Augenblick fester um seine Brust zu legen schien.

"Verdammt!" Der Ausruf entwich seinen Lippen, als er vom Tisch wegging, und sein Stuhl stöhnte vor Protest. Er fuhr sich mit den Händen durch sein Haar, das mit mehr Grau gesprenkelt war, als er zugeben möchte. Frustration brodelte unter seinem ruhigen Äußeren; Er war es gewohnt, Probleme zu lösen, aber wie kann man einen Albtraum beheben?

Ein sanfter Schlag von oben ließ Daniels Kopf heben, seine Beschützerinstinkte erwachten zum Leben. In einem Augenblick bewegte er sich, stieg die Treppe zu zweit hinauf, getrieben von dem eigenartigen Gedanken, Susie zu erreichen.

"Daniel!" Chris' Stimme, die von Panik durchdrungen war, traf ihn am oberen Ende der Treppe. "Es ist Susie!"

Er brach in Susies Zimmer ein, und die Szene vor ihm zerstörte jeden Anschein von Normalität, den sie wiederherzustellen versucht hatten. Susie lag auf dem Boden, ihr Nachthemd um sich gewickelt, während sie sich wand und ihre Arme gegen einen unsichtbaren Angreifer schlug. Wütende rote Flecken begannen sich auf seiner zarten Haut zu bilden, als ob Krallen sein Fleisch durchstreiften.

"Weg von ihr!" brüllte Daniel und trat auf Susie zu, um sie in seine Arme zu nehmen. Er konnte ihr Zittern spüren, sein kleiner Körper wurde von Schluchzen gequält, als er versuchte, sie vor Gefahren zu schützen.

"Lass es aufhören, Papa, bitte lass es aufhören", schrie sie, und ihre Stimme war ein durchdringendes Echo in dem Chaos.

"Psst, ich hab dich", beruhigte sich Daniel, und sein Herz zerriss, als er ihr Haar streichelte und sich völlig hilflos fühlte. Es gab nichts, wofür er kämpfen konnte, keine physische Wesenheit, der er gegenüberstehen konnte. Seine Tochter wurde von einer Präsenz gequält, die er weder sehen noch verstehen konnte.

"Chris, hol den Erste-Hilfe-Kasten!", rief er, ohne dass sein Blick von Susies tränenüberströmtem Gesicht abwich. Chris nickte, seine

Bewegungen waren schnell und effizient, als sie sich beeilte, ihn zu holen.

"Was auch immer es ist, lass meine Tochter in Ruhe!" Daniel schrie ins Leere hinaus, seine Erklärung des Trotzes und des Flehens.

Aber die Dunkelheit im Zimmer schien von boshafter Belustigung zu pulsieren, gleichgültig gegen die Verzweiflung der Liebe eines Vaters. Und als Susies Schreie die Luft erfüllten, wusste Daniel Wellington, dass dies eine Schlacht war, die noch lange nicht gewonnen war, eine Dunkelheit, die weder der Gewalt noch der Angst nachgeben würde. Es war eine Erkenntnis, die ihn zutiefst erschaudern ließ, eine Wahrheit, die ihm noch dunklere Tage zuflüsterte.

Die Nacht war in angespannter Stille eingekehrt, als Daniel Wellington in dem schwach beleuchteten Wohnzimmer saß und der sanfte Schein einer einzigen Lampe lange Schatten auf die Gesichter seiner engsten Freunde warf. Jonas Blackwood beugte sich vor, die Ellbogen auf die Knie gestützt, und seine dunklen Augen zeigten Besorgnis und Handlungsbereitschaft. Neben ihm runzelte sich Roy Thompsons Stirn, seine Brille fing das Licht ein, während er aufmerksam zuhörte. Marcus Greene stand mit verschränkten Armen am Fenster, seine Züge waren rau und schattig gezeichnet.

"Irgendetwas ist in unser Haus zurückgekehrt", begann Daniel mit fester Stimme, trotz des Zitterns, das durch seine Hände lief. "Es zielt auf Susie ab... Und es wird immer stärker."

Jonas stieß einen leisen Pfiff aus und durchbrach die schwere Stille. "Wir dachten, wir lassen das alles hinter uns, Dan." Sein trockener Witz war jetzt nicht mehr da und wurde durch einen Strom der Sorge ersetzt.

"Das letzte Mal war erst der Anfang", gab Daniel zu, und das Gewicht seiner Worte schien auf den Raum zu drücken. "Aber das – das ist anders. Es ist persönlich und gefährlich."

Roy schob sich seine Brille an die Nasenspitze, eine Geste, die Daniel als seinen Freund erkannte, der mit dem Unerklärlichen zu kämpfen hatte. "Was können wir tun, Daniel? Das ist nicht gerade unsere Spezialität."

Marcus wandte sich vom Fenster ab und sprach endlich. "Was auch immer es kostet, wir sind an Ihrer Seite. Lasst uns dieser Dunkelheit gemeinsam ins Auge sehen, für Susie."

Seine Entschlossenheit, gemischt mit seinen eigenen Ängsten und Vorbehalten, stärkte Daniels Geist. Er war in diesem Kampf nicht allein.

»Danke«, sagte er in aufrichtiger Dankbarkeit. "Ich denke, es ist an der Zeit, dass wir jemanden suchen, der das versteht... unnatürliche Kräfte, die besser sind als wir."

Auf der anderen Seite des Hauses hielt Chris seine Tochter fest an sich und flüsterte ihm Beteuerungen zu, die immer leerer wirkten. Als Daniel sich zu ihr gesellte, sprach der Blick in ihren Augen Bände – er sah ihren stummen Ruf zum Handeln, nach einer Lösung, die den Schrecken, der in ihr Leben eingedrungen war, verbannen würde.

"Chris", sagte Daniel und berührte sanft seine Schulter. "Ich habe mit einigen Leuten gesprochen. Wir werden Hilfe suchen. Professionelle Hilfe."

»Wer?« fragte sie, und die Hoffnung blitzte in ihren Augen auf wie eine Kerze im Wind.

»Pater Thomas O'Reilly«, erwiderte Daniel, der bei der bloßen Erwähnung des Namens eine gewisse Erleichterung empfand. Der Priester war bekannt für sein Experiment mit dem Übernatürlichen, ein Leuchtfeuer des Glaubens inmitten der sich ausbreitenden Finsternis.

»Pater O'Reilly?« Wiederholte Chris und ein schwaches Lächeln berührte zum ersten Mal seit Tagen seine Lippen. "Ja, Daniel, ja. Wenn uns jemand helfen kann..."

Ohne zu zögern griff Daniel zum Telefon, die vertrauten Nummern zur Hand. Als er sich einwählte, nahm ihm das Gefühl,

HÄNDE AN DEN DÄMON GEBUNDEN

entschlossen gehandelt zu haben, etwas von seiner Brust. Chris schüttelte ihr die Hand, eine stille Botschaft der Einheit und Stärke.

"Pater O'Reilly", sagte Daniel, als der Anruf verbunden war, und seine Stimme war von Dringlichkeit erfüllt. "Wir brauchen dich. Es geht um meine Tochter Susie. Die Dunkelheit ist zurückgekehrt."

In der Stille, die folgte, warteten sie mit angehaltenem Atem auf die Antwort, die ihnen ein wenig Hoffnung geben würde.

Die Sonne versank hinter dem Horizont, als die Silhouette von Pater Thomas O'Reilly auf der Schwelle von Wellingtons Haus erschien. Seine Ankunft schien die Schatten der Nacht zu vertreiben, ein greifbares Symbol der Hoffnung gegen die herannahende Nacht.

»Mr. und Mrs. Wellington«, begrüßte er mit warmer und gebieterischer Stimme.

"Vater", bestätigte Daniel und führte ihn hinein. "Danke, dass Sie gekommen sind."

Als der Priester das Wohnzimmer betrat, fiel sein Blick auf Susie, die sich an Chris' Seite klammerte. Die Luft schien von einer unaussprechlichen Dringlichkeit zu brodeln, als Pater O'Reilly seine Ausrüstung auspackte – ein kleines Fläschchen mit Weihwasser, eine abgenutzte Bibel und ein Kruzifix, das im Licht der Lampe glänzte.

»Fangen wir an«, erklärte Pater O'Reilly, und in seinem Ton lag eine ernste Gewißheit, die Daniels Geist stärkte.

Chris hielt Susie fest an sich, während der Priester sich systematisch im Haus bewegte und seine lateinischen Gebete von den Wänden widerhallten. Mit jedem Kreuzzeichen, mit jedem Sprühen von Weihwasser hellte sich die Atmosphäre allmählich auf, als ob Schichten der Finsternis entfernt würden.

Bald versammelten sie sich wieder im Wohnzimmer, wo Pater O'Reilly einen Schlusssegen sprach. Für einen Augenblick, als die Worte durch sie hindurchliefen, fühlte sich die Familie von einem unsichtbaren Mantel des Schutzes umhüllt. Susies Griff um die Hand ihrer Mutter lockerte sich und ihr Atmen fiel leichter.

»Ist es vorbei?« flüsterte sie, und ihre hellen Augen suchten das Gesicht des Priesters.

"Das Böse ist hartnäckig", antwortete Pater O'Reilly mit einem festen und tröstenden Blick. "Aber das ist ein starker Start. Wir werden zuschauen und bei Bedarf wiederkommen.

"Danke, Vater", sagte Daniel, und die Knoten in seinem Bauch lösten sich leicht. "Deine Hilfe bedeutet alles."

Mit einem anerkennenden Nicken sammelte Pater O'Reilly seine Sachen ein. Als er ging, schien die Tür, die sich hinter ihm schloss, das Haus in neu gewonnener Ruhe zu versiegeln. Chris erlaubte sich ein zögerndes Lächeln, und selbst Daniel spürte, wie sich der Rhythmus seines Herzens auf ein hoffnungsvolleres Tempo verlangsamte.

Doch die Ruhe währte nur kurz.

In derselben Nacht, als Schatten an den Wänden von Susies Zimmer entlangtanzten, manifestierte sich ihr imaginärer Freund mit einer Bosheit, die die Luft kalt werden ließ. Die Spielsachen begannen sich von selbst zu bewegen, eine Spieluhr spielte eine eindringliche Melodie, ohne sich zu berühren, und Susies Zeichnungen flatterten durch den Raum, als wären sie in einem Strudel gefangen.

"Mama! Papa!" Susies Schrei durchdrang das Haus und zerschnitt das Gewebe ihrer vorübergehenden Ruhe.

Daniel und Chris rannten aus dem Bett, ihre Herzen schlugen im Gleichschritt mit ihren beschleunigten Schritten. Sie fanden Susie unter der Bettdecke zusammengekauert, die vierte in einem Wirbelsturm von Poltergeist-Aktivitäten.

"Lass es aufhören!", schrie sie, und der Schrecken brannte tiefe Falten in ihr jugendliches Gesicht.

"Genug!" Daniel brüllte und trat mit ausgestreckten Armen vor, als könnte er das Chaos physisch eindämmen. Aber die unsichtbare Macht wurde nur noch stärker und verspottete ihre Beschützerinstinkte mit unheimlicher Schadenfreude.

"Daniel, wir müssen was tun!" Chris schrie über den Lärm hinweg, und seine Entschlossenheit war so wild wie die mütterliche Angst in seinen Augen.

"Holt Susie hier raus", befahl Daniel mit verzweifelter Stimme. Er fühlte sich hilflos, aber er ließ sich davon nicht lähmen – nicht, wenn die Sicherheit seiner Tochter auf dem Spiel stand.

Chris nahm Susie in seine Arme und wich einem Buch aus, das an seinem Kopf vorbeiflog, als sie zur Tür ging. Daniel folgte ihr und warf einen letzten Blick auf den Raum, der sich in ein Schlachtfeld gegen einen Feind verwandelt hatte, den sie nicht sehen konnten.

Draußen, im hellen Mondlicht, kauerten sich die Wellingtons zusammen, ihr Atem verschwamm in der kalten Luft. Die Wärme ihrer Umarmung trug wenig dazu bei, das Eis zu zerstreuen, das sich um ihre Herzen gebildet hatte.

"Es ist nicht weg", murmelte Chris mit kaum hörbarer Stimme. "Es wird immer stärker."

"Wir werden einen Weg finden", versprach Daniel, obwohl ihn Zweifel plagten. Sein Leidensweg war noch lange nicht vorbei, und die Dunkelheit hatte gerade eine neue Linie in den Sand gezeichnet.

Daniels Herz klopfte gegen seinen Brustkorb, jeder schlug eine Kriegstrommel, als er den Umfang seiner einst sicheren Behausung überblickte. Die Nacht senkte sich wie ein Vorhang herab und mit ihr eine geheimnisvolle Stille, die den Schrecken Lügen strafte, der sich soeben in ihrem Inneren entfaltet hatte.

"Bleib in der Nähe", flüsterte Daniel Chris und Susie zu, während seine Augen von Schatten zu Schatten huschten. Vor Schrecken kalte Finger liefen ihm den Rücken hinauf; Die Dunkelheit war spürbar, ein Lebewesen, das beobachtete und wartete.

"Mama?" Susies Stimme zitterte, ihre kleine Hand hielt die ihrer Mutter fester. »Wo ist er hin?«

"Psst, Schatz, es ist okay", antwortete Chris, aber Daniel bemerkte den Schimmer der Angst in seinen Augen.

Er machte einen Schritt auf das Haus zu, in der Absicht, alle Türen und Fenster zu verriegeln, aber ein plötzlicher Schauer hielt ihn zurück. Es war nicht die Kälte des Herbstes – es war etwas Außerirdisches, das auf seiner Haut flüsterte.

Susies Atem stockte, und sie deutete auf das Fenster im Obergeschoss. "Er ist da..."

Daniel und Chris drehten sich um und folgten ihrem Blick. Ein Schatten hing an den Vorhängen von Susies Zimmer – eine Silhouette, die zu verzerrt und zu bedrohlich aussah, um etwas Menschliches zu sein.

"Lauf, jetzt!" Chris beharrte mit panischer Stimme.

Sie rannten in Richtung Garage, aber bevor sie sich in Sicherheit bringen konnten, bebte der Boden unter ihnen. Eine unsichtbare Kraft ließ Daniel auf die Knie fallen, ihm wurde der Atem weggerissen.

"Daniel!" Chris schrie auf und streckte die Hand nach ihm aus, aber eine weitere bösartige Welle stieß sie zurück.

"Lauf!", keuchte er und stieß sie von sich weg. "Nimm Susie und ..."

Seine Worte wurden von einem Schrei unterbrochen, der die Nacht durchdrang. Susie weint – ein Geräusch, das keine Eltern hören sollten.

"Mama!" Der Appell war verzweifelt, voller unvorstellbarer Angst.

Daniel drehte sich und seine Augen suchten verzweifelt. "Susie!"

Aber sie war weg. An der Stelle, wo sie stand, blieb nur ein wirbelnder Nebel zurück, der sich in der Nacht auflöste wie ein Gespenst, das vor dem Schauplatz ihres Spuks flieht.

"Chris!" Daniel stand auf, sein Verstand schwankte. "Wo ist sie? Chris!"

Chris lag auf den Knien, seine Hände kratzten in der dünnen Luft, wo Susie vor Sekunden gewesen war. Tränen liefen über sein Gesicht und mischten sich mit dem Schmutz und der Verzweiflung, die seine Züge zeichneten.

»Bring sie zurück!« schluchzte sie mit brüchiger Stimme. "Bitte bring mein Baby zurück!"

Daniel fiel neben sie, seine eigenen spontanen Tränen, als die Realität eindrang: seine Tochter, sein kleines Mädchen, war direkt vor seinen Augen getragen worden. Die Dunkelheit überschritt eine Grenze, die sie nie für möglich gehalten hätten.

"Wer bist du? Was willst du?" Daniel brüllte in der Dunkelheit, seine Fäuste ballten sich in vergeblicher Wut.

Aber die Nacht bot keine Antworten, nur das Echo des Schreis eines Kindes, das sich im Wind wand und eine Stille hinterließ, die schrecklicher war als jeder Schrei.

Als sie sich in dem leeren Raum zusammenkauerten, in dem sich einst ihre Welt befand, erkannten die Wellingtons, dass sie es mit einem Feind zu tun hatten, den man nicht begreifen konnte – einem Gegner, der sich von der Angst nährte und in ihrer Verzweiflung schwelgte.

Und irgendwo, versteckt im Schatten ihres eigenen Hauses, wartete Susie, ihr Schicksal ungewiss, die Herzen ihrer Eltern zerbrochen.

Das Kapitel endete mit einem Ton rohen Schreckens, die Seiten zitterten förmlich vor der unbeantworteten Frage: Was würde aus Susie Wellington werden?

Kapitel 8: Das gequälte Kind

Die Schatten hingen an den Ecken von Wellingtons altem Haus wie Spinnweben, dicht mit dem Staub des Grauens, der das Haus seit Susies Verschwinden umklammert hatte. Die Stille war tief und schwer, unterbrochen nur durch den eindringlichen Rhythmus von Daniels Schritten, während er von Raum zu Raum ging und sein Herz bei jedem Schritt donnerte.

"Susie!" Seine Stimme durchschnitt die Stille, der Ruf eines Vaters, der spöttisch von den leeren Wänden zu ihm zurückzuhallen schien. Die Luft war dick von Spannung, jedes Knarren und Flüstern verstärkte Daniels Angst.

Er hatte die Küche durchsucht, wo eine unfertige Zeichnung verlassen auf dem Tisch lag – eine erschreckende Erinnerung an Normalität. Er durchsuchte das Wohnzimmer, wo Susies Lieblingsdecke unberührt auf der Couch lag. Bei jeder vergeblichen Suche kratzte die Verzweiflung an seinen Eingeweiden und drohte, ihn ganz zu verzehren.

Seine Hand zitterte, als er nach einer anderen Tür griff, das kalte und unnachgiebige Holz unter seiner Berührung. Mit einem tiefen Atemzug, der seine Nerven beruhigen sollte, öffnete Daniel ihn. Im Zimmer dahinter war keine Spur von seiner Tochter zu sehen, nur die Leere, die ihm nur allzu vertraut geworden war.

"Susie, Baby, wo bist du?" Seine Stimme brach, und die Maske der ruhigen Kontrolle wich blankem Entsetzen. Es gab keine Antwort als den trügerischen Trost des Schattens.

Als wir den Flur entlanggingen, wurde die Atmosphäre bedrückend dicht, fast so, als ob das Haus selbst den Atem anhielte. In diesem Moment zerbrach die stille Spannung wie Glas – ein schriller Schrei durchdrang die Luft und entlockte Daniel eine instinktive Reaktion.

"Susie!" Daniel brüllte zurück, seine Stimme wurde von einem Adrenalinstoß angetrieben, der ihn zur Quelle des Schreis rennen ließ. Jede Tür, die er öffnete, enthüllte Räume, die in Dunkelheit getaucht waren, ohne Leben, bis er ins Schleudern geriet, um im Flur stehen zu bleiben, und das Geräusch der Angst seiner Tochter immer lauter und hektischer wurde.

"Hilf mir, Papa!"

Die Worte trafen ihn wie ein körperlicher Schlag und hielten ihn für einen Herzschlag fest, bevor seine Beschützerinstinkte ihn mit neuer Dringlichkeit vorwärts trieben. Ihre Augen huschten und suchten in der Dunkelheit nach einem Zeichen ihres kleinen Mädchens, während ihre Gedanken rasten und mit dem Alptraum kämpften, der zum Leben erwacht war.

Daniel wusste tief in seinen Knochen, dass das, was Susie genommen hatte, etwas war, das weit von der natürlichen Welt entfernt war – eine bösartige Kraft, die mit ihnen spielte und sich in ihrer Angst sonnte. Aber er wollte sich nicht der Verzweiflung hingeben; Seine Entschlossenheit war eisern, geschmiedet von Liebe und dem übergeordneten Bedürfnis, seine Familie vor Schaden zu bewahren.

"Bleib stark, Susie! Ich komme!" Die Bindung zwischen Vater und Tochter wurde zu seinem Leuchtfeuer in dem Chaos, als er sich darauf vorbereitete, sich dem Schrecken zu stellen, der im Herzen seines Hauses lauerte.

Daniels Herz klopfte gegen seine Rippen, als er um die Ecke bog. Der schwach beleuchtete Korridor erstreckte sich vor ihm, ein Tunnel aus Schatten, der sich mit jedem Atemzug, den er gab, zusammenzuziehen schien. Da war es, das leise Stöhnen eines Kindes, das Stöhnen Susies, durchdrang die bedrückende Stille.

"Su-Susie?" Seine Stimme zitterte und verriet die Angst eines Vaters. In diesem Moment sah er sie - seine geliebte Tochter - am Ende des Flurs stehen, mehr als zehn Schritte entfernt. Sie war eine regungslose Gestalt, in das schwache Mondlicht getaucht, das durch das Fenster hereinfiel, und ihr dunkles Haar hob sich scharf von der bleichen Wand ab.

Ihre Augen, weit aufgerissen und von stummem Entsetzen funkelnd, trafen die seinen. Er konnte das stumme Flehen in ihnen lesen, einen verzweifelten Schrei nach Erlösung, der in den Höhlen seiner Seele widerhallte. Trotz seiner Nähe konnte er jedoch sehr wohl kilometerweit entfernt sein, da eine unsichtbare Barriere ihn in Schach zu halten schien und sie so effektiv wie eine Steinmauer trennte.

"Susie, Baby, schau mich an. Ich bin hier", flüsterte Daniel mit fester Stimme, trotz der Panik, die an seinen Eingeweiden nagte.

Er stemmte sich, seine Muskeln spannten sich für den Sprint an, bereit, die unsichtbare Barriere allein mit purer Willenskraft zu durchbrechen. Doch bevor er sich nach vorne stürzen konnte, verwandelte sich die Realität selbst in einen grotesken Hohn. In einer kränklichen Drehung erhob sich Susies kleiner Körper vom Boden, ihre Füße baumelten hilflos.

"Nein!" Das Wort brach aus Daniels Kehle, roh und guttural.

Susies Arme flatterten, ihre Finger krallten sich in der leeren Luft und griffen nach irgendetwas, um sie in der Welt zu verankern, die sie kannte. Ihr Gesicht verzerrte sich zu einem stummen Schrei, ihre Unschuld wurde von der bösartigen Macht belagert, die sie nun gefangen hielt.

Daniels Verstand taumelte und war nicht in der Lage, die Szene, die sich vor ihm entfaltete, vollständig zu begreifen. Eine instinktive Angst erfasste ihn und drohte ihn in ihren Tiefen zu ertränken. Das Haus, einst ein Heiligtum, war zu einem Abgrund des Grauens geworden, in dem die Gesetze der Natur von einem unsichtbaren Henker verzerrt wurden.

Doch selbst als der Schrecken ihn zu lähmen drohte, durchschnitt Daniels Liebe zu Susie den Nebel der Angst wie ein Leuchtfeuer. Er wollte, konnte nicht zulassen, dass dieser Gräuel seine Tochter nimmt. Mit jedem Gramm seines Wesens schwor er, die Dunkelheit zu bekämpfen und das Licht, das Susie war, aus den Fängen des monströsen Wesens zurückzugewinnen, das es wagte, die Heiligkeit seiner Heimat in Frage zu stellen.

Susies vor Schrecken weit aufgerissene Augen hefteten sich auf Daniels, als sie rückwärts durch die Luft gezogen wurde. Seine winzigen Hände streckten sich aus und griffen nach den Bilderrahmen, die die Wände schmückten, nur dass seine schlanken Finger ausrutschten, als wären die Oberflächen mit Eis bedeckt. Ein gerahmtes Foto seiner Familie zerbrach auf dem Boden, das Geräusch hallte wie ein Schuss durch den Flur. Sie griff mit Mühe nach dem Holzgeländer, aber die Kraft war unerbittlich und riss sie aus der Sicherheit, weg von ihrem Vater.

"Hilf mir, Papa!", schrie sie mit panischer Stimme.

Daniel raste vorwärts, sein Herz pochte gegen seine Rippen, aber es war, als stünde eine unsichtbare Mauer zwischen ihm und seiner Tochter. Jeder von Susies Versuchen, Widerstand zu leisten, schien die Entschlossenheit des unsichtbaren Wesens zu stärken, seine spürbare Macht in der aufgeladenen Luft, die von bösartiger Absicht durchdrungen war.

Als Susie sich dem Badezimmer näherte, flackerten die Lampen heftig und warfen geheimnisvolle Schatten, die an den Wänden entlangtanzten. Die Temperatur sank, ein Schauer sickerte in Daniels Knochen, eine deutliche Erinnerung an die übernatürliche Präsenz, der sie gegenüberstanden.

Mit einem letzten Ruck grausamer Kraft überquerte Susie die Schwelle des Badezimmers. Ihre Fingerspitzen hinterließen verzweifelte Spuren am Türrahmen, ein stummes Zeugnis ihres Kampfes. Dann, mit einem lauten Knall, der die Grundfesten des Hauses erschütterte, schloss sich die Badezimmertür und unterbrach ihre Schreie. Der Klang war wie aus einer anderen Welt, schwer vom Gewicht dunkler Energien, die Susie genauso effektiv versiegelten wie jedes physische Schloss.

"NEIN!" Daniels Schrei war eine Mischung aus Wut und Verzweiflung. Er warf sich an die Tür, klopfte und stieß dagegen, aber sie hätte ebensogut aus massivem Stein sein können. Die bösartige Macht blieb standhaft, ein unsichtbarer Wächter bewachte ihre Beute. Hinter der Tür war Susies Schluchzen gedämpft, eine erschreckende Erinnerung an die schreckliche Macht des Wesens.

Die Dunkelheit schien vor Zufriedenheit zu pochen, und das Echo der zuschlagenden Tür hallte in der folgenden Stille wider. Es war eine Stille, die Bände sprach und versprach, dass die Schrecken der Nacht noch lange nicht vorbei waren.

Chris' Schritte hallten den Flur hinunter, ein rhythmisches Tempo des Grauens, als sie an Daniels Seite rannte. Sein Anblick mit hochgezogenen Schultern und Fäusten, die mit den Fäusten gegen die undurchdringliche Badezimmertür schlugen, entlockte ihren Lippen ein zerrissenes Keuchen.

»Daniel!« rief sie mit panisch angespannter Stimme. Sie schloß sich ihm an und warf ihre schlanke Gestalt gegen das unnachgiebige Holz, und die dumpfen Schläge ihrer vereinten Anstrengungen hallten in den Flur wider. »Susie! Baby, kannst du mich hören?" Seine Bitten waren verzweifelte Bitten, die in den Abgrund geworfen wurden und von dem dichten Schweigen, das er antwortete, ganz verschluckt wurden.

"Mach auf, verdammt!" Daniel schrie auf, und seine ruhige und gemessene Persönlichkeit wurde von blankem Schrecken zerstört. Ihre Hände, stark und entschlossen, umklammerten den Griff und wünschten, er möge sich drehen, aber sie blieb so hartnäckig, als ob sie

HÄNDE AN DEN DÄMON GEBUNDEN

mit dem Metall selbst verschmolzen wäre. Chris' Finger glitten über seine, beide glitschig vor Schweiß, als sie vergeblich zogen und sich drehten.

"Bitte, bitte", flüsterte Chris zwischen einem Schluchzen und seine Augen trafen sich mit Daniels. In ihnen sah sie, wie ihre unerschütterliche Entschlossenheit in Entsetzen umschlug und ihre eigene Hilflosigkeit widerspiegelte. Die Zeit dehnte und verdrehte sich, mit jedem Ticken der Uhr spannte sich ihre Angst wie ein Faden an.

Im Badezimmer spürte Susie die kalten Fliesen auf ihrem Rücken. Sie lag zusammengeknüllt in der Ecke der Dusche, die Dunkelheit um sie herum war so vollkommen, dass sie sich gegen ihre Augenlider zu drücken schien, selbst als sie sie zusammendrückte. Die Luft war dick, voller Bosheit, und sie konnte spüren, wie das Wesen lauerte, seine Präsenz wie ein erstickendes Leichentuch über ihrer kleinen, zitternden Gestalt.

Das Wasser tropfte irgendwo in die schwarze Leere, das Geräusch nervig laut in dem klaustrophobischen Raum. Jeder Tropfen war eine Erinnerung an seine Isolation, ein Metronom, das den Lauf endloser Sekunden markierte. Tränen mischten sich mit dem Wasser auf ihren Wangen, warme Spuren in der Kälte, die sie umhüllte.

"Mama? Papa?" Seine Stimme war ein zerbrechlicher Faden, der sich mit jeder Silbe abnutzte. Sie streckte ihre Hand aus, ihre Hände fanden nur Luft und die glatte Wand neben sich. Die drückende Kraft um sie herum schien sich zu verstärken, und Susie beugte sich über sich selbst und versuchte, sich so klein und diskret wie möglich zu machen. Aber sie wußte, daß sie sie sah; Sie konnte seinen Blick spüren, schwer und ohne zu blinzeln.

Daniels Hände bluteten, weil sie gegen die massive Eiche der Badezimmertür schlugen, eine Barriere, die so unnachgiebig war wie der Schrecken, der seine Eingeweide kratzte. Chris' Stimme, die sonst so gelassen und selbstbewusst war, erreichte Oktaven der Panik, die sie noch nie gekannt hatten, und sein kleiner Körper schleuderte sich mit einer Verzweiflung gegen das stille Portal, die seiner eigenen entsprach.

"Bitte, Susie, sag etwas! Baby, bitte!" Daniels Schreie durchdrangen das Holz, in der Hoffnung, irgendeinen Rest von Normalität zu erreichen, der auf der anderen Seite noch übrig bleiben könnte.

Chris' Atem kam in zerrissenen Seufzern, sein Verstand versagte angesichts dieser jenseitigen Belagerung. Ihre gemeinsamen Bemühungen waren ebenso erfolglos wie der Versuch, die Flut mit bloßen Händen aufzuhalten. Das Haus schien von einem bösartigen Eigenleben zu pulsieren – die Lichter flackerten und warfen längliche Schatten, die spöttisch um sie herum tanzten.

Und dann trat eine unheimliche Stille ein, die die Geräusche ihres Kampfes übertönte. In dieser plötzlichen Stille hörten sie ein leises, fast unmerkliches Knarren, das von oben kam. Eine andere Kraft bewegte sich innerhalb der schattenbedeckten Wände seines Hauses.

"Es ist... Ist noch jemand hier?" Flüsterte Chris, und seine Frage hing wie ein Gespenst in der Luft.

Daniels müde Augen trafen die ihren, und eine stumme Kommunikation ging zwischen ihnen hindurch. Sie wussten beide, dass heute Abend außer Pater Thomas kein Lebewesen erwartet wurde. War Hilfe eingetroffen? Oder war dies ein weiterer Fehler des Wesens?

»Pater O'Reilly?« Rief Daniel zögernd, und seine Stimme trug das Gewicht von Hoffnung und Angst. Aber es kam keine Antwort, nur dichte Stille kehrte zurück, als ob das Haus selbst den Atem anhielte.

Das einst beruhigende Ticken der Standuhr in der Lobby klang nun wie der Countdown zu einem schwer fassbaren Ereignis. Jede Sekunde, die verging, war eine verlorene Sekunde – eine Sekunde näher an einem unbekannten Ziel.

"Mama... Papa..." Das leiseste Flüstern drang unter der Tür hindurch, eine Rettungsleine, die in die Dunkelheit geworfen wurde.

"Susie!" Beide Eltern eilten wieder zur Tür, aber das Flüstern wurde von einem Geräusch unterbrochen, das ihr Blut zu Eis werden ließ

– ein tiefes, gutturales Knurren, das aus dem Badezimmer drang, ein Geräusch, das keine menschliche Kehle hervorbringen konnte.

Die Temperatur sank, Frost kroch durch die Fenster. Daniels Herz klopfte so heftig, dass er befürchtete, es könnte explodieren. Das Knurren wurde immer lauter und wurde zu einem durchdringenden Schrei, der ihre Seelen zu vernichten drohte.

"Gott helfe uns", murmelte Chris mit weit aufgerissenen Augen, als er erkannte, dass diese Tortur weit über seine sterbliche Fähigkeit zu kämpfen hinausging.

Wie von seinem Ruf gerufen, hallte die Türklingel feierlich durch das ganze Haus.

Würde Hilfe kommen?

Kapitel 9: Verzweifelte Maßnahmen

Daniels Puls hämmerte in seinen Ohren, ein langsames Tempo, das dem frenetischen Rhythmus von Susies Schreien entsprach, die hinter der verschlossenen Badezimmertür ertönten. "Papa!", seine Stimme brach vor Entsetzen, ein Klang, der Daniel eisige Ranken der Angst über den Rücken jagte. Ihr braunes Haar war ein zerzaustes Durcheinander, das an ihrer Stirn klebte, während sich Schweißperlen auf ihrer Haut bildeten, ein Produkt von Anstrengung und Angst.

"Susie, warte, Baby!" Daniels Stimme verriet seine Panik, als er sich gegen die Tür warf, sein kräftiger Körper war ein Zeugnis seiner Verzweiflung. Die massive Eichenbarriere gab nicht nach, so unerbittlich wie das Böse, das seine Tochter gefangen hielt. Er konnte fast spüren, wie die schattenhafte Präsenz in seinem Inneren lauerte und seine ursprünglichsten Ängste angriff – die Sicherheit seiner Tochter.

"Sprich weiter mit ihr, Chris!", rief er über seine Schulter hinweg und wandte seinen großen, ängstlichen Blick nicht von der Tür ab. Seine Frau, klein, aber beeindruckend in ihrer Entschlossenheit, nickte, und ihre Stimme kontrastierte sanft mit Susies Schreien, während sie einen stetigen Fluss der Sicherheit aufrechterhielt.

"Alles wird gut, Schatz", murmelte Chris, obwohl sein eigenes Herz mit dem gleichen Schrecken raste, der Daniel ergriffen hatte.

Das plötzliche Schrillen der Türklingel durchschnitt das Chaos, eine Rettungsleine, die mitten in einem Sturm geworfen wurde. Daniels Herz setzte einen Schlag aus; Pater O'Reilly. Er betete für die Ankunft des Priesters und klammerte sich an die Hoffnung, dass dieser

Mann des Glaubens das Blatt wenden könnte gegen die Bosheit, die sein Haus heimgesucht hatte.

"Chris, versuche es weiter! Ich hole die Tür - es ist Pater O'Reilly! Daniels Befehl kam schnell, sein Beschützerinstinkt blieb nun in dem Glauben, dass Hilfe gekommen war. Er rannte den Flur entlang, jede Sekunde eine Ewigkeit von Susie entfernt, jeder Schritt hallte in seinem pochenden Herzen wider.

"Bitte, lass es er sein", flüsterte Daniel leise, ein stilles Gebet, das sich mit dem Klang der Angst und dem fernen Klingeln der Türklingel mischte, eindringlich und heilbringend versprach.

Daniel öffnete die Haustür so heftig, dass sie gegen die Wand zitterte. Atemlos und mit weit aufgerissenen Augen stand er vor Pater Thomas O'Reillys ernstem Gesicht, das in krassem Kontrast zu seinem eigenen verzweifelten Gesicht stand.

»Vater!« Daniels Stimme war heiser, von Angst und Dringlichkeit geprägt. "Du musst jetzt kommen - es ist Susie. Sie ist ...« Er beendete seinen Satz nicht, sondern griff nach der Hand des Priesters, dessen Griff gepanzert war, als würde er eine Rettungsleine halten.

Ohne eine Antwort abzuwarten, zog Daniel den Arm des Priesters und forderte ihn auf, mit einer Intensität voranzugehen, die keine Auseinandersetzungen oder Verzögerungen duldete. Sie bewegten sich zusammen, Daniel führte den Angriff an, und Pater O'Reillys lange Schritte passten zu seinem eigenen eiligen Schritt.

Das Haus schien gegen ihren Durchgang zu protestieren, denn die Dielen knarrten unter ihrem Gewicht, als sie den schwach beleuchteten Flur entlangliefen. Schatten kratzten an den Rändern von Daniels Blick, aber sein Fokus blieb unnachgiebig – auf die Tür am Ende des Ganges gerichtet und die unschuldige Seele, die dahinter gefangen war.

"Vater, der Teufel ... Er ist bei ihr, im Badezimmer", keuchte Daniel zwischen flachen Atemzügen, und seine Worte fielen in einem hektischen Wasserfall übereinander. Es war ein Geständnis, das mit leiser Stimme gesprochen wurde, schwer von der Realität dessen, was ihnen bevorstand.

Pater O'Reillys Gesichtsausdruck verhärtete sich bei diesen Worten, und sein Kinn zog sich vor Entschlossenheit zusammen. Obwohl er nicht antwortete, vermittelten seine Augen – ein Stahlgrau, gestählt durch zahllose Kämpfe mit der Dunkelheit – ein stilles Gelübde. Er schwankte nicht; Das war der Zweck seiner Berufung.

Gemeinsam schlossen sie die Distanz zum Badezimmer, angetrieben von einer Kraft, die größer war als sie selbst, bereit, sich dem zu stellen, was sie hinter dieser harmlosen Holzbarriere erwartete.

Die Kälte in der Luft verstärkte sich, als sie vor dem Badezimmer anhielten, eine Barriere zwischen ihnen und dem Schrecken auf der anderen Seite. Pater O'Reillys Hand hob sich langsam, seine Finger strichen über das gealterte Holz, als ob er die böse Energie spürte, die dahinter pulsierte. Daniel sah zu, seine Brust wogte vor Anstrengung und Angst, während das Antlitz des Priesters finster wurde.

»Daniel«, sagte Pater O'Reilly mit leiser Stimme, die von den Mauern um sie herum widerzuhallen schien. "Das Böse ist hier mächtig. Wir sollten unseren Geist durch das Gebet stärken. Steht fest im Glauben."

Daniel nickte, obwohl sich sein Herz anfühlte wie ein Spatz, der in einem Käfig aus Rippen gefangen ist und wie verrückt flattert, um zu entkommen. Er faltete die Hände und spiegelte die feierliche Haltung des Priesters wider. Der Korridor schien enger, die Schatten beklemmender, als würde sich das Haus selbst um sie schließen.

Mit einer raschen Bewegung zog Pater O'Reilly ein kleines Fläschchen aus seinem Mantel hervor – ein Fläschchen mit Wasser, das durch Gebet und Absicht geheiligt wurde. Er schraubte den Deckel ab und goss mit einer geschickten Bewegung seines Handgelenks das Weihwasser auf die Tür. Jeder Tropfen zischte gegen das Holz wie Öl in einem Topf, und ein tiefes, gutturales Stöhnen hallte durch die

Struktur des Hauses. Es war ein Geräusch, das Daniels Ohren kratzte, ein Trotzgebrüll eines unsichtbaren, provozierten Tieres.

Die Wände bebten, Bilder klapperten in ihren Rahmen, und ein Luftzug fegte den Gang hinunter und trug den Geruch von Verfall und Verwüstung mit sich. Doch inmitten des Aufruhrs blieb Pater O'Reilly eine Bastion der Ruhe, seine Gebete unerschütterlich, während er weiterhin Weihwasser als Waffe gegen die Dunkelheit einsetzte, die Susies Seele zu beanspruchen suchte.

"Herr, erhöre unsere Gebete", flüsterte Daniel, die Worte aus einer vor Schrecken zugespannten Kehle gerissen. Seine Stimme erhob sich, um sich der von Pater O'Reilly anzuschließen, seine Gesänge verflechten sich, ein doppelter Rettungsanker, der in den Strudel der Bosheit geworfen wurde, die darum kämpfte, den Raum dahinter fest im Griff zu behalten.

Das Gebet wurde immer lauter, Daniel, Pater O'Reilly und Chris' Stimmen verschmelzen zu einer einzigartigen und kraftvollen Beschwörung. Es war, als wären seine Worte physische Kräfte, die mit der unsichtbaren Barriere kollidierten, die die Badezimmertür geschlossen hielt. "Sancte Michael Archangele, defende nos in proelio", riefen sie, und die lateinische Anrufung des Schutzes des heiligen Michael übertönte den Lärm der Proteste des Hauses.

"Sei unser Schutz vor der Bosheit und den Fallen des Teufels", rief Daniel, sein Herz klopfte ihm gegen die Rippen, jedes Wort war ein Hammerschlag gegen das bösartige Wesen, das seine Tochter gefangen genommen hatte. Die Temperatur um sie herum sank, Atemzüge waren in der Luft sichtbar, und die Lampen flackerten wild, als befänden sie sich mitten in einem Gewitter, das in den Mauern ihres Hauses eingeschlossen war.

"Möge Gott Sie zurechtweisen, wir beten demütig", fuhr Pater O'Reilly fort, seine autoritäre Stimme, unerbittlich inmitten der Stille. Das Weihwasser in seiner Hand schien in einem eigenen Licht zu glühen und Schatten zu werfen, die sich bei jedem Schlag gegen die hartnäckige Tür wanden und wieder zurückwichen.

»Und du, o Fürst der himmlischen Heerscharen,« stimmte Chris ein, und sein mütterlicher Zorn gab der Anrufung Kraft, »durch die Macht Gottes wirfst du Satan und alle bösen Geister, die die Welt durchstreifen und das Verderben der Seelen suchen, in die Hölle.«

Ein letztes, ohrenbetäubendes Knacken hallte durch den Flur, als wäre das Fundament des Hauses gespalten worden. Die Tür zitterte in den Angeln und öffnete sich dann mit einem widerwilligen Stöhnen, wodurch das Badezimmer von einem mysteriösen, jenseitigen Licht durchflutet wurde.

Daniels Atem stockte in seiner Brust, Erleichterung und Sorge überfluteten ihn gleichermaßen. Er schleuderte sich nach vorne, sein Beschützerinstinkt trieb ihn über die Schwelle. Dort, inmitten des Dampfes und der verstreuten Überreste dessen, was einst ein friedlicher Schrein war, stand Susie. Sie war winzig, durchnässt von der Dusche, die während ihrer Tortur am Laufen geblieben war, und schluchzte unkontrolliert, während ihr kleiner Körper sich in der Ecke der Dusche abwehrend zusammenrollte.

"Susie!" Daniel schrie mit bewegter Stimme. Ihre Beine gaben fast nach, als er neben ihr kniete, die kalten, glitschigen Fliesen unter ihrer Berührung. Doch Angst und Erleichterung wichen Entschlossenheit, als er seine Tochter sanft hochhob und sie an seine Brust drückte, während seine Tränen den Stoff ihres Hemdes durchnässten. Er spürte, wie ihr Herzschlag gegen seinen raste, ein Stakkato-Rhythmus, der sich langsam, sehr langsam zu verlangsamen begann.

Ohne zu zögern schloß Daniel Susie in seine Arme, ihr kleiner Körper zitterte wie ein Blatt, das von einem Sturm gefangen wird. Ihr dunkles Haar hing an ihren bleichen Wangen, bedeckt von Feuchtigkeit und Schrecken. Jeder Schauer, der seinen Körper zerstörte, schien das Zittern seines Herzens widerzuspiegeln. Ihre einst leuchtenden Augen, die jetzt weit aufgerissen waren und einen gespenstischen Abgrund reflektierten, waren rot, die Unschuld in ihrem Inneren von Schatten der Angst getrübt. Tränenstreifen schnitten die Feuchtigkeit über sein Gesicht, als wären es Kanäle, durch die seine Angst sichtbar entleert worden war.

"Psst, Schatz, Papa ist bei dir", murmelte Daniel, und seine Stimme klang wie ein sanftes Wiegenlied gegen den Klang seines Schluchzens. Er konnte Chris' Gegenwart neben sich spüren, seine eigenen Arme schlangen sich um sie beide, eine Festung der mütterlichen Liebe, die seine Tochter vor weiterem Schaden schützte. Der Stoff ihres Hemdes war mit Susies Tränen beschwert, ein Zeugnis der Tortur, die sie hinter dieser einst undurchdringlichen Tür durchgemacht hatte.

"Jetzt ist es vorbei, Susie. Du bist in Sicherheit", beruhigte er, und seine Worte waren von einer Kraft durchdrungen, von der er hoffte, dass sie in seine Knochen eindringen und den kalten Griff der Angst zerstreuen würde. Während jeder weiche Stein hin und her ging, wünschte er sich, dass die Wärme seiner Umarmung die Kälte auftauen würde, die sich in ihr eingenistet hatte. Sein Herz, obgleich von der Angst, sie beinahe zu verlieren, geschüttelt war, schwoll an vor Erleichterung und dem unzerbrechlichen Band der Familienliebe.

"Nichts wird dir wehtun. Wir sind genau hier", fügte Chris mit fester und sicherer Stimme hinzu – ein Leuchtfeuer durch den anhaltenden Dunst der Angst. Gemeinsam hielten sie Susie in ihrer Nähe, eine Dreifaltigkeit von Herzen, die im Gleichklang schlugen, jedes Puls ein stilles Gelübde, zu schützen, zu trösten, zu heilen.

Pater O'Reilly war nicht weit entfernt, die Hände fest vor sich gefaltet. Eine einzige Träne lief durch die verwitterte Landschaft seiner Wange und bahnte sich ihren Weg durch die Täler des Alters und der Weisheit, die in seine Haut eingebrannt war. In dem sanften Licht, das sich über den Raum erstreckte, leuchtete es wie ein einsamer Tropfen Morgentau, der die ersten Strahlen der Morgendämmerung einfängt. Seine grauen Augen, die so oft von göttlicher Autorität durchdrungen waren, spiegelten jetzt die rohe Emotion der Szene wider, die sich vor ihm abspielte: eine wiedervereinte Familie, seine Liebe eine fühlbare Kraft gegen die Schatten.

Er beobachtete, wie Daniel und Chris Susie zwischen sich drückten, ihre kollektive Erleichterung und Verehrung umhüllte sie wie das heiligste aller Kleidungsstücke. In ihrer Einheit lag eine unbestreitbare Kraft, eine Stärke, die selbst die schmutzigsten Geister nicht trennen konnten. Das Herz des Priesters, schwer von der Schwere des Geschehenen, wurde gleichzeitig von der Kraft seiner Bindung emporgehoben.

Der Moment zog sich hin, eine zarte Pause in den erschütternden Ereignissen der Nacht, bis Pater O'Reilly wusste, dass es an der Zeit war, sie wieder in der drängenden Realität zu verankern. Er räusperte sich leise, aber der Klang durchschnitt das Schluchzen und Gemurmel mit bestimmter Anmut. Drei Augenpaare, die von verschiedenen Schattierungen von Furcht und Mut erfüllt waren, wandten sich ihm zu.

»Daniel, Christine«, begann er, und seine Stimme trug das Gewicht seiner Berufung. "Sie haben heute Abend bemerkenswerten Mut bewiesen." Er trat einen Schritt näher, und seine Gegenwart erfüllte den Raum wie eine feste Wache. "Aber wir müssen die Wahrheit erkennen, die vor uns liegt."

Sein Blick schweifte über das Trio und sorgte dafür, dass er ihre ganze Aufmerksamkeit auf sich zog. "Es sind nicht nur Individuen, die von bösartigen Kräften geplagt werden können", fuhr er fort, und sein Ton war von einer grimmigen Gewissheit durchdrungen. "Manchmal sind es die Mauern selbst, die uns umgeben, der Boden, auf dem wir uns befinden."

Er hielt inne und ließ den Ernst seiner Worte in ihren Herzen ruhen. "Dieses Haus", erklärte Pater O'Reilly, und die lateinischen Gebete, die er bald aussprechen würde, bildeten sich bereits in seinem Kopf, "erfordert einen Exorzismus."

Capital 10: Exorzismus

Das Wohnzimmer hatte den Charakter einer heiligen Kammer angenommen, die üblichen Insignien des Familienlebens waren an den Rand gedrängt worden, während Pater Thomas O'Reilly im Mittelpunkt stand. Daniel Wellingtons braunes Haar war zerzaust, seine Augen weit aufgerissen und eindringlich, als Chris ihre Hände zusammenschlug und sein kleiner Körper vor Anspannung starr war.

"Lasst uns unsere Köpfe beugen", befahl Pater O'Reilly, und seine tiefe Stimme klang von einer Ruhe, die inmitten spürbarer Angst fehl am Platz schien. Die Wellingtons gehorchten, ihre Gesichter waren von Erwartung gezeichnet.

»In nomine Patris, et Filii, et Spiritus Sancti«, begann Pater O'Reilly mit geschlossenen grauen Augen, und silbernes Haar fing das Licht der schwachen Lampen ein. "Himmlischer Vater, wir sind heute hier unter deinem mitfühlenden Blick versammelt und suchen deinen Schutz..."

Daniel presste die Kinnlade zusammen bei den lateinischen Sätzen, er verstand ihren Ernst, auch wenn ihm die Worte fremd waren. Sein Herz raste bei dem heftigen Bedürfnis eines Vaters, seine Familie vor Schaden zu schützen, und er schöpfte Kraft aus der gebieterischen Gegenwart des Priesters.

»Herr«, fuhr Pater O'Reilly fort und hob die Hände zum Himmel, »verbanne die Schatten, die in diesen Mauern lauern. Vertreibt die Bosheit, die diese Familie bedroht."

Chris' dunkle Augen blieben geschlossen, ihr Geist konzentrierte sich auf das Gebet und ließ sich von der Stimme des Priesters in einen

Kokon der Hoffnung hüllen. Trotz des Schauers, der ihr den Rücken hinaufstieg, schwor sie sich im Stillen, um Susies willen standhaft zu bleiben.

"Heilige dieses Haus mit deinem göttlichen Licht", intonierte Pater O'Reilly. "Lass kein Böses deiner großen Macht widerstehen."

Eine schwere Stille legte sich über den Raum, als das letzte Wort widerhallte, eine Stille, die darauf zu warten schien, zu hören, sich auf einen unsichtbaren Feind vorzubereiten, sich auf die Schlacht vorzubereiten, die kommen sollte.

Pater O'Reilly wandte sich um, und die feierliche Last seiner Pflicht war in die Linien seines Gesichts eingebrannt. "Bleibt nah beieinander und klammert euch aneinander", wies er ihn an, während sein Blick über die Familie Wellington schweifte. "Dein Antrieb ist deine Stärke. Seine Ruhe - ein Schutzschild gegen das Chaos. Und vor allem wird dein Glaube das Licht sein, das diese Finsternis durchdringt."

Daniel legte einen Arm um Chris' Schultern, seine Finger verschränkten sich mit ruhiger Entschlossenheit. Zusammen bildeten sie ein Bollwerk des Glaubens um seine Tochter Susie, die Pater O'Reilly mit großen Augen zuversichtlich ansah.

"Der Glaube an das Göttliche ist unsere stärkste Waffe", erklärte Pater O'Reilly, und das tiefe Timbre seiner Stimme hallte an den Wänden wider. Er nahm ein Fläschchen mit Weihwasser aus seiner abgenutzten Ledertasche und schraubte den Deckel mit Leichtigkeit ab.

Er begann, um den Raum herum zu gehen und lateinische Beschwörungsformeln zu murmeln, die aufzusteigen schienen und den Raum mit alter Autorität erfüllten. Bei jedem Durchgang durch den Raum schüttelte er Tropfen der geweihten Flüssigkeit, die auf den Möbeln und Dielen landeten wie Sterne, die vom Nachthimmel aufgingen.

"Exorcizamus te, omnis immundus spiritus", seine bedächtigen Worte fielen wie Hammerschläge und zogen die Aufmerksamkeit sichtbarer und unsichtbarer Kräfte im Haus auf sich. Da griff Pater O'Reillys große Hand nach dem Kruzifix, das schwer an seinem Hals hing, und hielt es mit der Sicherheit eines Kriegers, der ein Schwert schwingt.

»Omnipotens Deus, imperet tibi«, fuhr er fort, die grauen Augen jetzt geöffnet und auf die Schatten geheftet, die sich in den Ecken des Zimmers sammelten, als wollte er sie herausfordern, die Macht, die er anrief, zu widerlegen. Daniel spürte, wie die Luft dicker wurde, die Temperatur leicht sank, aber sein Griff um Chris' Hand wurde als Reaktion darauf nur noch fester. Sie waren eine eng verbundene Familie, eine Festung des Glaubens gegen die schleichende Angst.

"Per virtutem Crucis", fuhr Pater O'Reilly fort, und seine Präsenz beherrschte den Raum, während er sich mit entschlossenen Schritten bewegte, Spuren von Weihwasser hinterließ und eine Barriere der Heiligkeit schuf, die vor Energie zu strotzen schien.

Die Atmosphäre wurde angespannt, als Pater O'Reillys Stimme im Rhythmus seiner Gebete auf und ab ging. In dem schwach beleuchteten Raum klammerte sich die Familie Wellington aneinander wie Rettungsanker gegen die aufkommende Flut der Dunkelheit, die an den Rändern ihrer Angst entlang zog.

Plötzlich zerbrach die Stille wie Glas. Ein dumpfer Schlag hallte aus der Ecke, wo ein altes Familienporträt an der Wand baumelte, als wäre es von einer unsichtbaren Faust getroffen worden. Daniels Augen wandten sich dem Geräusch zu, seine Beschützerinstinkte explodierten. Er zog Chris und Susie näher an sich heran und spürte, wie sie kollektiv zitterten, als das Porträt zu Boden fiel und dessen Rahmen beim Aufprall zerbrach.

Father O'Reilly mit einer Bewegung seines Handgelenks, Tropfen von Weihwasser verteilten sich im Raum, glänzten wie kleine Diamanten im schummrigen Licht. Sie landeten auf den Möbeln, an den Wänden und in der Familie, jeder ein Segen, ein schützender Schutz.

Er bewegte sich mit gemessenen Schritten, und sein robuster Körper strahlte eine Aura unangefochtener Autorität aus. Das Kruzifix wies den Weg, ein Leuchtfeuer in dem spirituellen Strudel, dem sie gegenüberstanden. Jeder Winkel des Raumes erhielt seinen Anteil an Gebeten und Weihwasser, und das Ritual entfaltete sich mit methodischer Präzision.

Daniel beobachtete mit klopfendem Herzen, wie der Schatten des Priesters an den Wänden tanzte und mit dem flackernden Licht der Kerzen zu einem Wechselspiel von Licht und Dunkelheit verschmolz. Es war, als ob sie Zeugen des uralten Kampfes zwischen Gut und Böse vor ihren Augen wären, während Pater O'Reilly die Schlachthymne orchestrierte.

"Dein Glaube", erinnerte sich Pater O'Reilly über seine Schulter hinweg, seine Stimme war so fest wie ein Stein, "ist das Licht, das die Finsternis durchdringt. Halten Sie es fest."

Der Raum schien Pater O'Reillys Gebete mit einer eigenen bösartigen Energie zu erhören. Bücher fielen unberührt aus den Regalen, die Seiten flatterten wild, als sie fielen. Eine Vase schwang im Kamin, ihre Bewegung begann wie ein Zittern, steigerte sich aber zu einem heftigen Tanz, bevor sie zu Boden fiel und Scherben über den Holzboden verstreut wurden.

"Konzentriere dich auf das Gebet", befahl Pater O'Reilly, und seine Stimme durchdrang den Lärm, während er weiter Weihwasser besprengte, wobei jeder Tropfen brutzelte, als er auf eine unsichtbare Kraft in der Luft traf.

Susie griff nach dem Arm ihrer Mutter, ihre strahlenden Augen waren von einer Mischung aus Schrecken und Verwunderung weit aufgerissen. "Mama", flüsterte sie mit zitternder Stimme wie das Schütteln von Blättern im Sturm.

Chris beugte sich nieder, sein Gesicht war eine Maske der Ruhe, als er seiner Tochter in die Augen starrte. »Erinnerst du dich an die

Geschichten von den tapferen Rittern, Susie? Wir sind wie sie, wir stehen fest gegen den Drachen."

Daniel sah, wie der Mut in Susies Augen aufblitzte und die Worte seiner Mutter Balsam für seinen jugendlichen Geist waren. Es war derselbe Mut, der seine eigenen Füße mit den Füßen auf dem Boden festhielt, als alle Instinkte ihn zur Flucht anschrien. Die Wellingtons waren eine Festung, vereint gegen die Belagerung durch die Finsternis.

"Sancte Michael Archangele, defende nos in proelio", erhob sich der Gesang von Pater O'Reilly über das Chaos und rief den heiligen Erzengel Michael an, den Beschützer.

Inmitten des Klangs unnatürlicher Knarren und Stöhnen entfaltete sich ein Chor von Flüstern durch den Raum, eine Symphonie von unharmonischen Stimmen, die zu verstören und zu bestürzen suchten. Doch selbst als die Temperaturen sanken und ihm ein Schauer über die Haut lief, rückten die Wellingtons näher heran und ihr kollektiver Wille bildete einen unzerbrechlichen Schild des Glaubens.

»Contra nequitiam et insidias diaboli esto praesidium«, fuhr der Priester fort, und die Kraft seiner Worte schien dem gespenstischen Ansturm zu widerstehen.

Mit jedem Augenblick, der verging, spürten die Wellingtons, wie der Griff des unsichtbaren Wesens schwächer wurde, wie ihr Widerstand unter der unerbittlichen Flut ihres gemeinsamen Glaubens und der Macht von Pater O'Reillys Exorzismus schwankte. Gemeinsam blieben sie entschlossen, eine Familie, die durch Liebe und den unerschütterlichen Willen vereint war, die Heiligkeit ihrer Heimat zurückzugewinnen.

Pater O'Reillys schwere Stiefel knallten gegen die Holzdielen, als er die Familie Wellington vom Wohnzimmer in die Küche führte, wo das Herz des Hauses nun von einer unheilvollen Energie pulsierte. Daniels fester Griff um Susies Schulter war schützend und fest, während Chris' Hand, die sich um seine Tochter legte, den stillen Liebesschwur einer Mutter widerspiegelte – unnachgiebig und heftig.

"Adiuro te, creatura salis", intonierte Pater O'Reilly und besprengte Weihwasser, das bei der Berührung mit dem alten Eichentisch brutzelte, als ob das Korn selbst gegen die Heiligung protestierte. Die Luft wurde dicker, das Gewicht unsichtbarer Augen drückte von allen Seiten gegen sie.

Dunkle Schatten glitten an den Wänden entlang und dehnten sich zu grotesken Formen aus, die sich verdrehten und wanden. Obwohl keine Lichtquelle ins Stocken geriet, vertiefte sich die Dunkelheit, als ob sie jedes Photon absorbierte, das es wagte, in ihr Reich einzudringen. Ein leises Brummen ertönte, ein Flüstern, das sich in einen Haufen von Stimmen verwandelte, von denen jede Silbe vor Bosheit triefte.

"Non timebo mala", flüsterte Chris leise, Worte, die ein Gebet sein sollten, aber eher wie eine Herausforderung an die unterdrückende Kraft um ihn herum klangen.

Ein Windstoß, der in dem geschlossenen Raum unerklärlich war, fegte durch die Küche. Töpfe schlugen von ihren Haken und Utensilien rutschten über die Arbeitsplatten und orchestrierten das Chaos, das Panik zu säen versuchte. Die Wellingtons blieben jedoch zusammengekauert, eine Insel der Ruhe inmitten des Sturms.

"Per virtutem Dei nostri, exorcizo te!" Befahl Pater O'Reilly und schwang das Kruzifix mit unerschütterlichem Griff. Seine Stimme hallte wider, ein Leuchtfeuer göttlichen Zorns, das den Schleier des Grauens durchdrang.

Ohne Vorwarnung kam ein heftiger Stoß aus dem Nichts, der Pater O'Reilly nach vorne stolpern ließ. Aber sein Fuß war sicher, sein Körper schwankte nur, bevor er sich mit der Anmut von jemandem aufrichtete, der diesen makabren Walzer schon einmal getanzt hatte. Daniel trat instinktiv vor, bereit, den Priester zu beschützen, nur um zu sehen, wie Father O'Reilly mit einem strengen Nicken seine Fassung wiedererlangte.

»Bleib hinter mir«, befahl der Priester, und seine stechenden grauen Augen hefteten sich einen Augenblick lang auf Daniels Augen und strahlten Kraft aus, ohne dass es eines Wortes bedurfte.

Im Laufe des Spiels bot jeder Raum ein neues Schlachtfeld. Die bösartige Macht klammerte sich an seine Entschlossenheit, Schatten griffen wie Tentakel an, um sie zu umgarnen, und Flüstern, das sich in Schreie verwandelte und umgekehrt, und versuchte, die Einheit der Familie und ihres Beschützers zu zerbrechen. Doch mit jedem Gebet, das gesprochen wurde, mit jedem Zeichen des Kreuzes, das in die Luft gestempelt wurde, schienen die düsteren Manifestationen zurückzuweichen, als ob sie vom Licht ihres Glaubens verbrannt wären.

Im Flur im Obergeschoss flog ein Bilderrahmen von der Wand und war direkt auf Susie gerichtet. Aber Chris war schneller, und sein kleiner Körper täuschte über die schnellen Reflexe hinweg, die das Projektil zur Seite schleuderten. Es zerschellte an der Wand, seine Zerstörung ist ein Zeugnis für die wachsende Verzweiflung des Wesens.

"Schließt die Reihen", befahl Pater O'Reilly, als er spürte, dass der entscheidende Moment näher rückte. "Wir gehen gemeinsam voran."

Die Wellingtons näherten sich, ihre Körper verschmolzen fast zu einer einzigen Gestalt. Pfarrer O'Reilly setzte die Litanei fort, lateinische Gebete ergossen sich in einen unerbittlichen Strom, während das Haus vor Protest zu stöhnen schien und das Gebäude selbst gegen die reinigende Flut rebellierte, die es durchflutete.

"Luzifer, princeps mendacii, zieh dich zurück!" Pater O'Reillys Stimme donnerte, und für einen Augenblick wichen die Schatten so scharf zurück, daß es schien, als ob das Tageslicht durchbrechen würde.

»Fertig, Vater«, beharrte Daniel, und das Timbre seiner Stimme klang sowohl Befehlsgewalt als auch Anziehungskraft, und das Familienoberhaupt erkannte die Schwelle zum Sieg an.

Und sie drangen weiter, die Wellingtons und ihr spiritueller Champion, Raum für Spukraum, und eroberten ihre Heimat aus dem Rachen des Abgrunds zurück.

Pater O'Reilly stand fest in der Mitte des schwach beleuchteten Raumes, die Hände fest um ein silbernes Kruzifix gefaltet, das in einem eigenen Licht zu pulsieren schien. Die Luft war dick und von einer elektrischen Angst erfüllt, die an den Wänden haftete. Doch inmitten dieses Strudels übernatürlichen Schreckens war die Stimme des Exorzisten die unerschütterliche Konstante, ein Leuchtfeuer der Hoffnung in der Dunkelheit.

"Fürchte dich nicht", intonierte er, und seine tiefe Stimme hallte durch die angespannte Atmosphäre. "Der Herr ist unser Hirte; Wenn wir auch durch das Tal des Schattens des Todes gehen, werden wir kein Unheil fürchten."

»Deine Bosheit hört hier auf, unreiner Geist«, erklärte Pater O'Reilly und ging zielstrebig voran, das Weihwasser in der anderen Hand, bereit, über das Zimmer gegossen zu werden. Er besprengte die geweihten Tröpfchen, von denen jedes gegen die unsichtbare Bösartigkeit zischte, die Wurzeln geschlagen hatte.

Mit jeder Rezitation in lateinischer Sprache, mit jedem heiligen Vers, der mit inbrünstiger Überzeugung gesprochen wurde, wurde die Luft leichter, weniger bedrückend. Die Schatten, die bedrohlich an den Rändern entlangtanzten, begannen sich zu verkleinern, ihre Formen wurden undeutlicher, als ob die Worte, die Pater O'Reilly sprach, das Gewebe seiner Existenz auflösten.

"Exorcizo te, omnis spiritus immunde, in nomine Dei Patris omnipotentis..." Seine Stimme erhob sich über das unheilvolle Flüstern, das eben noch den Raum erfüllt hatte, jetzt stockte und sich in angespannte Seufzer auflöste, als sie von der göttlichen Autorität überwältigt wurden, die er in seiner Ecke trug.

"Schau!" flüsterte Susie mit einer Mischung aus Bewunderung und Unglauben. Die Gegenstände, die zuvor heftig geklappert und geschwungen hatten, beruhigten sich nun, als würde der Raum selbst langatmig ausatmen.

"Bleibt standhaft, meine Kinder", fuhr Pater O'Reilly fort, und sein silbernes Haar fing einen vereinzelten Lichtstrahl ein, der sich seinen Weg durch die Vorhänge bahnte. "Das Tier wird schwächer. Ihre Täuschungen geraten ins Wanken. Vertraue auf die Macht des Allmächtigen."

Ein Gefühl kollektiver Widerstandsfähigkeit schien die Familie Wellington zu erfüllen, als sie Zeuge des sichtbaren Rückzugs bösartiger Gewalt wurde. Mit jedem Augenblick, der verging, begann sich die Temperatur im Raum zu normalisieren, die kalte Kälte wurde durch eine vorübergehende Wärme ersetzt.

»Patris et Filii et Spiritus Sancti«, schloß Pater O'Reilly und machte das Kreuzzeichen über dem Raum, der nun still blieb und dessen frühere Unruhe von der unerbittlichen Flut des Gebets und des Glaubens unterdrückt worden war.

"Es ist ... Ist es vorbei?" Fragte Daniel, und seine Stimme trug immer noch das Gewicht der Sorge.

"Bleiben Sie wachsam", warnte Pater O'Reilly und wischte sich einen Schweißtropfen von der Stirn. "Das Böse ist die List. Aber heute, in diesem Augenblick, glaube daran, dass du unter Gottes Schutz stehst."

Als sich die Ruhe wie Staub nach einem Sturm einstellte, tauschten die Wellingtons Blicke aus, die Bände sprachen – von der erlittenen Schlacht, von der wiederhergestellten Hoffnung. Pater O'Reilly erlaubte sich ein kleines, müdes Lächeln, denn er wusste, dass der Krieg noch lange nicht vorbei war, aber die heutige Schlacht war gewonnen, und für den Moment war das genug.

Daniels Herz klopfte in seiner Brust, ein hallender Schlag hallte im Rhythmus von Pater O'Reillys Gebeten wider. Er drückte Chris' Hand fester, als sie dem Priester von Raum zu Raum folgten, seine Schritte waren ein feierlicher Marsch auf dem Holzboden, der so viel

Aufruhr erlebt hatte. Das Weihwasser, das Pater O'Reilly in die Ecken jedes Raumes warf, schien vor göttlicher Vergeltung zu brutzeln und die Schatten zu vertreiben, die wie Parasiten an seinem Haus hafteten.

"Schau mal, Mama!" Susies Stimme, eine Mischung aus Ehrfurcht und Erleichterung, durchschnitt die beklemmende Stille. Seine Augen, die weit aufgerissen waren und das zurückkehrende Licht reflektierten, waren auf das Fenster geheftet, wo das Sonnenlicht jetzt ungehindert strömte. Der dunkle Schleier, der seine Tage verdunkelte, nahm ihm eine Last von den Schultern.

Chris schüttelte Daniels Hand, seine eigene spürbare Erleichterung. "Es funktioniert", flüsterte sie, und das Zittern in ihrer Stimme verriet die Tortur, die sie durchgemacht hatten. "Unser Haus... Es fühlt sich wieder an wie unseres."

Im Wohnzimmer, der letzten Bastion des Widerstands des Wesens, vibrierte die Luft mit einer Energie, die nicht mehr bedrohlich, sondern erwartungsvoll war. Daniel beobachtete, wie Pater O'Reilly fest in der Mitte stand, das Kruzifix in seinen Händen nicht nur ein Symbol, sondern ein Leuchtfeuer der Hoffnung. Als die Stimme des Priesters lauter wurde, schienen die Wände selbst seine Angst zu vertreiben, und die anhaltende Kälte löste sich auf wie Nebel im Morgengrauen.

"Friede sei mit diesem Haus", erklärte Pater O'Reilly mit ruhiger Stimme, als die letzten Spuren der Dunkelheit verblassten und der Heiligkeit Platz machten, die er angerufen hatte.

Susie schlug sich die Hände über die Ohren, als das letzte Stöhnen der bösartigen Kraft widerhallte, dann verschwand es ganz und hinterließ die normalen Geräusche ihres Hauses – das Knarren von Holz, das Rascheln von Blättern draußen, das leise Brummen des Lebens. Seine hellen Augen suchten Daniels Augen ab, um Bestätigung zu suchen.

»Ist es vorbei, Papa?« fragte sie mit hoffnungsvoller, aber vorsichtiger Stimme.

HÄNDE AN DEN DÄMON GEBUNDEN

Daniel kniete vor ihr, seine grauen Schläfen waren ein Zeugnis der Prüfungen, die sie gemeinsam durchgemacht hatten. »Ja, mein Lieber«, sagte er, und sein ruhiger Ton umhüllte sie wie ein schützender Mantel. "Das Schlechte ist weg. Wir sind jetzt in Sicherheit."

Als sie sich in einer vertrauten Umarmung versammelten, beruhigte sich das Haus um sie herum, und die Anspannung, die ihr Puls gewesen war, wurde nun durch eine stille Stille ersetzt. Sie standen da, vereint, und ihre kollektiven Seufzer erfüllten die Räume, die einst von Angst erstickt waren.

Pater O'Reillys Gebete hatten verstummt, aber das Echo des göttlichen Schutzes lag noch in der Luft. Obwohl die Narben der Schlacht unsichtbar waren, haben sie sich in die Seele der Familie Wellington eingebrannt, die nun noch stärker durch die Tortur verbunden ist. Sie blickten auf ihr zurückgewonnenes Heiligtum, das Alltägliche, das plötzlich Wunder war, und erlaubten sich, sich in dem Frieden zu sonnen, für dessen Wiederherstellung sie so erbittert gekämpft hatten.

»Danke, Vater«, murmelte Daniel mit dankbarer Stimme. "Dafür, dass wir das Licht zurück in unser Zuhause gebracht haben."

"Durch den Glauben ist alles möglich", erwiderte Pater O'Reilly, und seine Augen glänzten vor Befriedigung über die erfüllte Pflicht, als er die Werkzeuge seines heiligen Amtes weglegte. Die Luft war jetzt anders, leichter, als ob das Haus selbst einen langen Atemzug ausstieße.

Pater O'Reilly schloß langsam mit einem sanften Schlag seine alternde Bibel, deren Seiten noch immer die lateinischen Beschwörungsformeln widerhallten, die kurz zuvor den Raum erfüllt hatten. Die Wellingtons beobachteten ihn aufmerksam und trösteten sich mit seiner ständigen Gegenwart. Er sah jedem Familienmitglied in die Augen, sein Blick verweilte auf Daniel, dessen müde Augen Schutz suchten.

»Ihr Zuhause«, begann Pater O'Reilly mit einer Stimme, die das Gewicht der Erfahrung trug, »ist wieder geheilt worden. Aber wir müssen uns daran erinnern, dass der Feind, den wir bekämpfen, listig und rücksichtslos ist.

Daniels Stirn runzelte sich leicht, und das Gefühl des Sieges wich vorsichtiger Besorgnis. Chris streckte die Hand aus, ihre Hand traf seine, ihr Griff war fest und fest – ein stiller Pakt zwischen ihnen. Susie kuschelte sich näher an ihre Eltern und spürte, wie sich die Atmosphäre veränderte.

"Das Böse", fuhr Pater O'Reilly fort, "ist geduldig. Er wird nach jedem Riss suchen, nach jedem Moment des Zweifels oder der Schwäche. Du musst wachsam sein." Sein Ton sollte sie nicht erschrecken, sondern stärken, sie gegen Selbstgefälligkeit stärken.

"Das Gebet wird eure Zuflucht sein. Glaube, dein Schild!« sagte er und nickte mit dem Kopfe zu dem Kruzifix, das noch immer an seiner Hand hing. "Lass das Licht deines Glaubens nicht erlöschen, denn dann kehren die Schatten zurück."

"Wird es zurückkommen?" Susies Stimme, wenn auch leise, durchschnitt die Stille. Ihre Augen suchten in Pater O'Reilly nach einer Antwort, von der sie hoffte, dass sie ihre anhaltenden Ängste vertreiben würde.

Der alte Priester kniete vor ihr nieder, und seine grauen Augen wurden weicher, als sie die ihren trafen. "Kind, der Kampf zwischen Licht und Finsternis endet nie wirklich. Aber denk daran, dass du in diesem Kampf nie allein bist. Die Liebe zu seiner Familie, die Stärke seines Geistes, das sind mächtige Kräfte."

Er erhob sich und sah die Wellingtons direkt an. "Ihr habt heute großen Mut bewiesen, aber bleibt nah beieinander. Stärke deine Bindungen und behalte deinen Glauben. Die Gnade Gottes ruht auf diesem Haus – weide es mit Gebet und Wachsamkeit.

Während Pater O'Reilly seine Tasche auf der Schulter trug, bereit, in die Nacht aufzubrechen, die ihre gewohnte Ruhe wiedergefunden hatte, standen die Wellingtons zusammen, vereint durch einen neuen Entschluß. Der Friede war in ihre Heimat zurückgekehrt, aber das Echo seiner Warnung erinnerte sie daran, dass der Frieden immer geschützt werden musste.

Akt 3 - Dunkle Nacht der Seele:

capital 11: Die Rückkehr

Wochen nach den letzten Ereignissen befand sich Daniel in der großen Lobby des Hauses der Familie Wellington, und seine Gestalt warf einen einsamen Schatten auf den glänzenden Marmorboden. Im Haus war es still bis auf das leise Ticken der alten Standuhr – ein Erbe, das unzählige ruhige Nachmittage prägte. Aber heute schien die Stille wie ein Leichentuch, erstickend und dicht, als wäre sie ein physisches Wesen mit Gewicht und Absicht.

Er rieb sich die Schläfen und spürte, wie sich das vertraute Unbehagen um seine Eingeweide schlängelte wie eine schlafende Schlange, die aus dem Schlaf erwacht. Es war eine Empfindung, die er nur zu gut kannte – der Auftakt zu etwas Unheimlichem. Daniels braune Augen, die sonst nachdenklich und gelassen waren, huschten nun über den opulenten Raum, auf der Suche nach Anzeichen von Störung in der makellosen Ordnung.

Ein plötzliches Knarren aus dem oberen Stockwerk durchschnitt die Stille, scharf und schockierend. Daniels Kopf schnellte nach oben, sein Blick blieb auf der geschwungenen Treppe hängen, die zu den schattigen Nischen des Hauses führte. Er trat vor, und das Geräusch seiner eigenen Schritte auf dem Marmorboden wirkte grotesk laut im Vergleich zu der Stille, die kurz zuvor geherrscht hatte.

"Ist jemand da?" Seine Stimme war ruhig und verriet nichts von den Befürchtungen, die seine Brust zusammenzogen. Es kam keine Antwort, nur das Echo seiner Worte, das sich in den höhlenartigen Räumen auflöste.

Er bewegte sich durch die Haupthalle, die Luft war schwer vom Geruch alter Bücher und Bienenwachspolitur, die auf den Mahagonimöbeln verwendet wurde, ein starker Kontrast zu der kalten Angst, die ihm den Rücken hinauflief. Ein weiteres Geräusch – diesmal ein leises Klopfen gegen die Scheibe – lenkte seine Aufmerksamkeit auf das Büro.

Mit jedem Schritt, den er tat, wurde das Gefühl, dass etwas zuschaute, etwas wartete, intensiver. Daniel blieb auf der Türschwelle stehen, seine Hand auf dem kalten Messinggriff ruhend. Er spürte die Bösartigkeit in der Luft, eine statische Aufladung, die ihm die Nackenhaare aufstellte.

»Zeig dich!« forderte er, doch ihre tiefe Stimme hallte hohl und einsam zu ihm zurück.

Der Beat stoppte. Irgendwo innerhalb der Mauern ertönte ein leises Stöhnen, ein Geräusch, das ihn in seiner Formlosigkeit zu verhöhnen schien. Daniel verkrampfte sich, und seine Instinkte schrien, dass die Präsenz, die er fürchtete, tatsächlich zurückgekehrt war, verschlungen in den vertrauten Insignien seiner angestammten Heimat.

Das Flüstern der Intuition wurde zu einem Gebrüll, und Daniel wußte ohne Zweifel, daß die Bosheit, die diese Hallen heimsuchte, sich wieder näherte. Mit einem loyalen Herzen, das der Pflicht verpflichtet war, blieb er standhaft und bereit, das Erbe seiner Familie gegen die Dunkelheit zu verteidigen, die über sie hereinbrach.

Daniel trat in das große Wohnzimmer, wo die Luft still und dicht von Stille war. Die opulenten Kronleuchter über ihm flackerten plötzlich und warfen unregelmäßige Schatten auf die Perserteppiche unter seinen Füßen. Er blieb stehen und sah zu, wie das Licht einen makabren Walzer an den Wänden tanzte, ein stummer Vorbote der zurückkehrenden Dunkelheit.

Ein Schauer lief ihm über den Rücken, als er bemerkte, wie sich eine Kristallkaraffe in der Robe leicht bewegte und deren Inhalt sich

HÄNDE AN DEN DÄMON GEBUNDEN

drehte, als ob sie von einer unsichtbaren Hand gestört worden wäre. Daniels Atem blieb ihm im Halse stecken; Die Realität der Situation drang in seinen Geist ein und bestätigte seine schlimmsten Befürchtungen. Die böse Macht, die einst seine Familie heimsuchte, war zurück und manifestierte sich durch die Manipulation seines eigenen Reiches.

Sein Herz klopfte, ein schneller Schlag gegen die unheimliche Stille des Hauses, und dann kam es – ein leises, bedrohliches Flüstern schien aus der Dunkelheit selbst zu entschlüpfen. Es war eine Provokation, ein unheilvolles Amalgam von Geräuschen, die an seiner Entschlossenheit kratzten.

"Daniel...", hauchte er und streckte seinen Namen in einem langgezogenen Zischen, das sich um ihn zu kräuseln schien und seinen Mut zu ersticken suchte.

Er kämpfte gegen den Drang zu schreien, die Stimme direkt herauszufordern. Stattdessen presste Daniel seine Lippen zu einer schattenhaften Linie zusammen, und sein Kiefer verkrampfte sich mit Entschlossenheit. Dies war sein Zuhause, sein Heiligtum, und er würde es nicht den Schatten überlassen, die es für sich beanspruchen wollten. Jede Faser seines Wesens pulsierte vor loyalem Schutz, und er bereitete sich auf jede kommende Bosheit vor, und seine Entschlossenheit war so unnachgiebig wie die Mauern, die ihn umgaben.

Daniel stemmte sich gegen den aufkommenden Schrecken und stellte seine Füße fest auf den Holzboden seines Wohnzimmers. Das Flüstern kratzte an den Rändern seines Bewusstseins, aber er ließ nicht zu, dass die Angst die Oberhand gewann. Er schloss die Augen und beschwor das Bild seiner Familie herauf – ihr Lächeln, ihr Lachen, die Liebe, die sie zusammenbrachte – und benutzte es als Anker gegen die eindringende Dunkelheit.

»Sancte Michael Archangele«, begann er mit fester Stimme trotz des inneren Sturms, »verteidigt nos in proelio.«

Mit jeder Beschwörung spürte er, wie ein Funken Kraft zu ihm zurückkehrte. Seine Gebete waren mehr als Worte; Sie waren ein Vermächtnis, das von Generation zu Generation weitergegeben wurde, ein Zeugnis für die anhaltende Macht des Glaubens über die Angst. Daniels Lippen bewegten sich in einer stummen, aber inbrünstigen Wiederholung und zeichneten die vertrauten Konturen von Flehen und Hoffnung nach.

"Contra nequitiam et insidias diaboli esto praesidium."

Um ihn herum wurde die Luft dichter, als würden die Schatten selbst zu etwas Greifbarem erstarren. Er drückte sich an ihre Haut, eine erstickende Umarmung, die ihren Geist zu zermalmen suchte. Das Atmen wurde mühsam, jedes Einatmen ein Kampf gegen eine unsichtbare Kraft, die den Raum mit drückendem Gewicht erfüllte.

»Imperet illi Deus«, keuchte Daniel und rang um jeden Atemzug, während die Luft schleimig wurde, »fleht den Deprecamur an.«

Die Wände schienen von einem bösartigen Eigenleben zu pulsieren, das schwache Flackern der Lichter warf groteske Formen, die knapp hinter dem Rand des Blickfeldes tanzten. Daniel zögerte jedoch nicht; Er klammerte sich an die Kraft seiner Gebete, und in den Worten hallte die Überzeugung eines Mannes wider, der Stürme überstanden und entschlossen diejenigen verteidigte, die er liebte.

»Tuque, Princeps militiae caelestis,« fuhr er fort, und seine Entschlossenheit war ein Leuchtfeuer inmitten der hereinbrechenden Finsternis, »satanam aliosque spiritus malignas.«

Der Raum schien von elektrischem Strom aufgeladen zu sein, einer stillen Symphonie des Grauens, die mit jeder Sekunde wuchs. Daniel konnte die Bosheit spüren, die ihn umgab, ein Raubtier, das sich an seine Beute heranpirschte, aber er war keine leichte Beute. Er war Daniel Wellington - Ehemann, Vater, Beschützer - und er würde standhaft bleiben.

»Sunt qui ad perditionem animarum pervagantur in mundo«, schloß er, das Gebet war zu Ende, und seine Stimme war ein trotziges Flüstern gegen das Getöse der Stille.

Daniel öffnete die Augen und trat der Dunkelheit mit dem Licht seines unerschütterlichen Mutes entgegen. Was auch immer kommen würde, er wusste, dass er sich ihm frontal stellen würde, gestärkt durch den göttlichen Schutz, den er suchte, und die unerschütterliche Führung seines unerschütterlichen Herzens.

Zitternde Finger tasteten im Kamin herum, wischten durch Familienfotos, bevor sie sich um das hölzerne Kruzifix schlossen. Daniel drückte das Kreuz der alten Eiche gegen seine Handfläche und erdete ihn. Er hielt es vor sich, eine stumme Bekräftigung des Glaubens inmitten des herannahenden Schreckens.

Jede heilige Inschrift, die er als Junge gelernt hatte, kam ihm in den Sinn und bestärkte ihn in seinem Mut. Seine Lippen bewegten sich in stummer Beschwörung und formten Worte der Heiligkeit, die wie Schutzschilde gegen die Dunkelheit wirkten. Das Kruzifix war mehr als ein Symbol; Es war ein Kanal für seinen Willen zu beschützen, eine Erweiterung der Liebe, die er für seine Familie empfand.

Eine Kälte sickerte in den Raum, kroch über die Dielen und die Wände hinauf. Gänsehaut stach in Daniels Haut, die Luft wurde kalt und biss in sein entblößtes Fleisch. Er atmete eine Wolke aus Dampf aus und beobachtete, wie sie vor ihm in der Luft schwebte und ihre Form verzerrte, als ob sie auf eine unsichtbare Präsenz reagieren würde.

Mit jedem Atemzug, der ein nebliges Gespenst in der Kälte bildete, spürte Daniel, wie die Temperatur noch weiter sank. Es war, als ob die Hitze des Lebens aus dem Raum sickerte, abgelenkt von der bösen Macht, die die Herrschaft über sein Zuhause für sich beanspruchen wollte.

Aber dort, in der eisigen Stille, stand Daniel Wellington – eine Bastion menschlicher Widerstandsfähigkeit im Angesicht der unergründlichen Dunkelheit, mit seinem Kruzifix, dem Symbol der

Hoffnung und Herausforderung in einer Welt, die am Rande des Chaos steht.

Daniels Atem bildete einen Heiligenschein aus Nebel um ihn herum, sein Herz schlug synchron mit den pulsierenden Schatten, die sich in den Ecken des Raumes sammelten. Die Luft schien aufgeladen, elektrisch vor Bosheit, und dann begann sie zu verklumpen. Eine Dunkelheit, die so absolut war, dass sie das spärliche Licht der flackernden Lampen über ihr zu verschlingen schien und sich zu einer amorphen und schrecklich absichtlichen Form verdrehte.

Die Form gewellt, Gliedmaßen - oder waren es Ranken? - sich wie Schlangen in einem grotesken Tanz winden. Es war, als wären die Schatten selbst des Spähens müde geworden und beschlossen zu gehen, ihre rauchigen Finger auszustrecken und die Welt des Lichts zu berühren.

"Bleib zurück", Daniels Stimme war nur ein Flüstern, erstickt von der dicken Luft. Aber die Finsternis hörte nicht auf seinen Befehl. Stattdessen stürmte es nach vorne, ein lautloses Raubtier näherte sich seiner Beute.

Panik stieg in ihm auf, ein ursprünglicher Wunsch, über die Jahre des kultivierten Mutes und der Entschlossenheit hinaus zu fliehen. Ohne Zeit zum Nachdenken drehte sich Daniel um und rannte. Er rannte den Flur entlang, seine Schritte donnerten auf den Holzboden, eine verzweifelte Symphonie, um mit dem Knarren und Stöhnen Schritt zu halten, das das Haus erfüllte.

Er blickte über seine Schulter, nur um zu sehen, wie die Dunkelheit hinter ihm herabrieselte und mit einer beunruhigenden Anmut Schritt hielt. Seine Augen huschten von Tür zu Tür, jeder mit dem falschen Versprechen der Flucht, aber er wusste, dass er nicht glauben sollte, dass irgendein Hindernis diese böse Macht aufhalten könnte.

Ein Raum nach dem anderen zog vorbei, als Daniel seinen einst sicheren Zufluchtsort durchschritt. Das Büro, in dem Schatten aus den Bücherregalen sprangen; Das Wohnzimmer, wo der Fernseher zum

Leben erwachte und nichts als Rauschen zeigte, das ihn anzuschreien schien. Keine Ecke war frei von dem eindringenden Albtraum.

Auf Schritt und Tritt, bei jedem verzweifelten Versuch, dem schattenhaften Wesen zu entkommen, konnte Daniel spüren, wie es sich näherte, seinen kalten Atem in seinem Nacken, die Luft kälter wurde, den Druck in der Atmosphäre, der sich wie eine erstickende Welle erhob, die bereit war, über ihn herabzubrechen.

"Gott helfe mir", keuchte er, als ihm klar wurde, dass es einen letzten Schritt für ihn gab. Daniel machte sich schnurstracks auf den Weg in die Küche, die letzte Schwelle zwischen dem bedrückenden Interieur seines Hauses und dem Versprechen des Tageslichts dahinter. Der Schrecken, der ihn antrieb, war greifbar, er trieb ihn vorwärts und drängte ihn, gleich hinter dem Hoftor der Rettung entgegenzuspringen.

Die Dunkelheit klebte an Daniel wie eine zweite Haut, ein beklemmendes Leichentuch, das die Dimensionen seines Hauses zu verschlingen schien. Als er durch die Flure stolperte und seine Hand über die vertraute Tapete strich, fühlte es sich unter seiner Berührung seltsam an, als hätte sich das Haus zu etwas Unkenntlichem verzerrt. Die Luft war dick von Angst, und die einst geraden Korridore verdrehten sich zu unheimlichen Labyrinthen, die nirgendwohin führten.

Er konnte seinen Erinnerungen an diesen Ort nicht mehr trauen; Jede Wendung verriet ihn und führte in Sackgassen oder Räume, die aus dem Nichts zu kommen schienen. Ihr Herz klopfte in ihrer Brust, jeder Schlag schlug auf einer Trommel der Verzweiflung, und es hallte von der Gewißheit wider, daß ihr Heiligtum von dieser bösartigen Macht usurpiert worden war.

Daniels Atem kam in zerrissenen Seufzern, die Angst vor einem bitteren Geschmack in seiner Kehle. Er versuchte, sich an einer Wand festzuhalten, nur um den Putz unter seiner Handfläche pulsieren zu fühlen, als wäre das Haus selbst lebendig und böse. Kleine Gegenstände

– eine Vase, ein Familienfoto – kippten wie von unsichtbaren Händen aus den Regalen, und ihr misstönender Ton schlägt im Klang ihres Schreckens.

»Wo bist du?« flüsterte er in die Dunkelheit, und seine Stimme übertraf kaum den Lärm seiner eigenen Panik.

Die Antwort kam unmittelbar, nicht in Worten, sondern in der Intensivierung der Aura des Bösen, die jeden Zentimeter des Raumes um ihn herum durchdrang. Schatten bewegten sich aus den Ecken weg, krochen in böser Absicht auf ihn zu, dehnten und verdrehten sich zu grotesken Parodien der menschlichen Gestalt. Das Gewebe der Realität schien sich zu verzerren, so dass die Dunkelheit an Substanz gewinnen und immer näher rücken konnte.

Schreie hallten durch das Haus, körperlos und eiskalt, und übertönten das Stöhnen des Gebäudes selbst. Es waren die Klagen der Verdammten, der Verlorenen, der Seelen, die vor seinen Augen diesem Schrecken zum Opfer gefallen waren. Daniel wusste, dass er nicht einer von ihnen werden konnte. Seine Entschlossenheit, seine Familie zu beschützen, das Bollwerk gegen diesen Albtraum zu sein, spornte seine Beine an, sich zu bewegen, auch wenn seine Gedanken ungläubig taumelten.

»Herr, führe mich!« betete er leise, obwohl die Worte angesichts eines so erbärmlichen Schreckens schwach und zerbrechlich wirkten.

Er wandte sich scharf dem Esszimmer zu, wo der Kronleuchter wild über ihm schwankte und unberechenbare Schatten warf, die über die Wände tanzten wie Gespenster, die sich über seine missliche Lage lustig machten. Teller und Besteck klapperten heftig auf dem Tisch, als wären sie von einem Erdbeben erfasst worden, und bei jedem Schritt, den Daniel tat, knarrten die Dielen bedrohlich und drohten unter ihm nachzugeben.

Es gab keinen Waffenstillstand, keinen Moment des Friedens, als er durch sein eigenes Haus ging. Jede Tür wurde zu einem Mund, der bereit war, ihn ganz zu verschlingen, jedes Fenster zu einem blinden

Auge, das kein Entrinnen bot. Die Bösartigkeit verfolgte ihn, unerbittlich und durchdringend, ein Raubtier, das mit seiner Beute spielte, bevor das unvermeidliche Ende entgegenging.

Aber Daniel konnte, wollte dieses Ende nicht akzeptieren. Mit jedem harten Schritt, jedem seichten Atemzug klammerte er sich an die Hoffnung, die vage in ihm brannte – die Hoffnung, dass er irgendwie die Dunkelheit überleben könnte.

Daniels Brust hob sich, als er in die Küche stolperte, und der Gestank der Angst klebte an seinem schweißnassen Hemd. Das Sonnenlicht, ein Funken Erlösung, winkte durch das Fenster. Seine vor Schrecken weit aufgerissenen Augen hefteten sich auf die Hinterhoftür – die Schwelle zwischen dieser höllischen Verfolgungsjagd und dem Versprechen auf Sicherheit.

Mit einem gutturalen Schrei, der teils Herausforderung und teils Flehen war, warf sich Daniel an die Tür. Das Holz zerbrach unter dem Gewicht seiner Verzweiflung, Glas zerbrach und zerstreute Scherben wie Sternschnuppen um ihn herum. Er fiel in das sonnenbeschienene Gras, das verwirrende, aber überwältigend willkommene Glühen.

Als er so dalag, prallten die Geräusche des Grunzens und Flüsterns, die jeden seiner Schritte verfolgten, zurück, als wäre das Licht selbst ein Gräuel für seine Existenz. Daniel wagte es, aufzublicken, als er sah, wie die Schatten schrumpften und sich in die dunkelsten Winkel des Hauses zurückzog, die nun hinter ihm lagen.

Einen Moment lang stand er auf dem Rasen, ausgestreckt und keuchend, die Kühle der Erde sickerte in seine zitternde Gestalt. Dann kniete er langsam nieder, und sein Atem kam in zerrissenen Seufzern. Er blickte zu der hellblauen Fläche über ihm hinauf, auf der Suche nach einem Zeichen, einem Flüstern der göttlichen Gegenwart inmitten seiner Angst.

»Beschütze sie!« murmelte er, und die Worte brannten ein Gelübde in die Stille des Tages. "Beschütze meine Familie."

Daniel hielt seinen Glauben so fest umklammert, wie er einen physischen Schild hätte ergreifen können, und bedeckte sein Gesicht mit Händen, die noch vor wenigen Augenblicken so erbittert ums Überleben kämpften. Nun suchten sie Trost im Gebet, in dem unerschütterlichen Glauben, dass etwas Größeres als er selbst ihn durch diese Finsternis führen könnte.

Nach einer gefühlten Ewigkeit, aber es waren nur ein paar Herzschläge, senkte Daniel seine Hände. Wieder entschlossen stand er da, das Gras unter ihm ein Zeugnis dafür, dass das Leben im Angesicht des Unergründlichen fortbesteht.

Er ging weg von der zerbrochenen Tür, von dem Haus, das sich nicht mehr wie ein Zuhause anfühlte, und über den Rasen. Jeder Schritt war zielstrebig, denn er wußte, daß die Schlacht noch lange nicht zu Ende war. Es war an der Zeit, nach denen zu suchen, die ihn unterstützen würden, die die wahre Natur der Schrecken verstanden, denen er ausgesetzt war.

Das Kapitel endete damit, dass Daniel Wellington in der Ferne verschwindet, ein Mann, der von Liebe und Loyalität getrieben wird und bereit ist, seine Verbündeten gegen die heranbrechende Dunkelheit zu sammeln.

Kapitel 12: Die Wiedervereinigung der Besatzung

Daniel Wellingtons Finger bewegten sich mit einer Dringlichkeit, die das Zittern in seinen Händen Lügen strafte. Jede Ziffer, die er gegen die kalte Oberfläche seines Telefons drückte, schien der Erlösung – oder der Verdammnis – einen Schritt näher zu kommen. Er hielt das Gerät an sein Ohr, und der rhythmische Puls der Berührung entsprach dem Schlag der Angst in seiner Brust. Als am anderen Ende der Leitung das Telefon klingelte, verhärtete sich Daniels Entschlossenheit; Sie mussten zusammenhalten, aus dem Mut des anderen schöpfen und sich der schleichenden Dunkelheit stellen, die alles bedrohte, was sie liebten.

"Komm, Jonas", flüsterte er mit zusammengebissenen Zähnen, ein stilles Gebet, das sein Freund erhören sollte.

Die Leitung klickte und eine Stimme erhob sich, die von Überraschung und Vorsicht geprägt war. "Daniel? Das heißt... unerwartet."

"Jona." Daniels Stimme war so fest, wie er nur sein konnte, und das Gewicht der Führung drückte auf ihn. "Ich würde nicht anrufen, wenn es nicht wichtig wäre. Wir müssen die Crew wieder zusammenbringen. Nur so kann man sich dem stellen, was kommt."

Es gab eine Pause in der Zeile, ein Zögern, das Bände sprach. Jonas Blackwood, immer das Rätsel, das in Schatten gehüllt war, trug jetzt einen Hauch von Angst in seinem Tonfall, den Daniel selten gehört hatte. "Wieder zusammen, was?" Jonas lachte trocken, aber der Klang hatte nicht die übliche Freude. "Du weißt, was letztes Mal passiert ist, Daniel. Der Preis..."

"Ich erinnere mich an jedes Detail", unterbrach ihn Daniel, und sein ruhiges Auftreten bildete einen starken Kontrast zu dem Sturm der Gefühle, der in ihm tobte. "Aber gemeinsam sind wir stärker, Jonas. Sie wissen, dass dies nicht etwas ist, was keiner von uns alleine bewältigen kann.

Jonas Atem war auf der ganzen Linie zu hören, ein langsames Einatmen, gefolgt von einem langen Ausatmen. Daniel konnte sich vorstellen, wie er in einem in schwaches Licht getauchten Raum hin und her ging, während der allgegenwärtige schwarze Anzug die Dunkelheit um ihn herum absorbierte. "Du verlangst zu viel. Die Untersuchung dieser... Geheimnisse... Das fordert seinen Tribut."

"Deshalb bitte ich dich nicht nur um Hilfe", sagte Daniel bestimmt. "Ich bitte dich, bei mir zu bleiben, bei uns, um alles zu schützen, was uns wichtig ist. Wir haben die Chance, die Wahrheit herauszufinden, Jonas, und vielleicht - nur vielleicht - diesen Albtraum zu beenden.

Die Stille breitete sich zwischen ihnen aus, beladen mit unausgesprochenen Ängsten und dem Echo vergangener Schrecken. Aber unter all dem spürte Daniel den Schimmer von Jonas' Neugierde, die unbestreitbare Anziehungskraft auf das Unbekannte, die ihn schon immer definiert hatte.

"In Ordnung, Daniel", gab Jonas schließlich zu, die Worte mit vorsichtiger Entschlossenheit gewogen. "Ich bleibe bei dir. Aber wir machen es gemeinsam, als Team. Wann und wo?"

Eine Welle der Erleichterung durchflutete Daniel, der erste Hoffnungsschimmer durchdrang die hereinbrechende Dunkelheit. "Ich schicke Ihnen eine Nachricht mit den Details. Sammeln Sie, was Sie brauchen. Es wird nicht einfach, aber mit Ihnen an Bord haben wir eine Chance."

"Dann lasst uns etwas Licht in diese Dunkelheit bringen", antwortete Jona, und ein Funke seiner alten Herausforderung brach durch. "Bis bald."

Als das Gespräch beendet war, gönnte sich Daniel einen kurzen Moment der Beruhigung. Die Fronten waren gezogen, und obwohl der vor uns liegende Weg voller Gefahren war, war der erste Schritt getan. Gemeinsam würden sie sich der Dunkelheit stellen.

Marcus Greene stand im schummrigen Licht der Küche, ein Glas Whiskey warf ein warmes, bernsteinfarbenes Licht auf den Tisch. Lindas Schatten tanzte gegen die Wand, als sie sich hinter ihm bewegte, und ihr Schweigen sprach Bände über ihre angespannte Beziehung. Das Haus schien schwer zu sein von unausgesprochenen Worten und dem Gewicht seiner eigenen inneren Zerrissenheit.

Das Telefon klingelte und durchbrach die Stille wie ein Stein durch ein Fenster. Marcus zögerte, seine Hand schwebte über dem Gerät, als wäre es eine zusammengerollte Schlange, die zum Sprung bereit war. Er atmete tief durch und antwortete: "Daniel?"

"Marcus, ich brauche dich", ertönte Daniels Stimme voller Dringlichkeit. "Es passiert wieder."

Die Anspannung ließ Marcus auf das Telefon drücken, sein Kopf war ein Wirbelsturm von Erinnerungen, die man am besten begraben lässt. Er sah Linda an, die in ihren Bewegungen innehielt und deren Augen Besorgnis und Verständnis widerspiegelten.

"Daniel, ich..." Marcus fuhr zusammen, aber ihm fehlten die Worte. Sein Blick wanderte vom Telefon zu Linda und wieder zurück, hin- und hergerissen zwischen dem Mann, der er einmal war, und dem, der er zu werden versuchte. Das Gespenst seiner vergangenen Abenteuer zeichnete sich ab und erinnerte ihn an das Band, das in Dunkelheit und Gefahr geschmiedet worden war. Aber jetzt stand viel mehr auf dem Spiel.

"Denk mal darüber nach, Marcus", beharrte Daniel. "Wir brauchen dich. Ich weiß, was wir letztes Mal versucht haben, und ich weiß, dass es für deine Ehe nicht funktioniert hat, oder zumindest hat es deine Situation mit Linda nicht sehr verändert." Sagte Daniel traurig.

"Lass mich... Ich werde mit Linda sprechen. Ich rufe dich zurück", sagte Marcus mit einer Stimme, die kaum mehr als ein Flüstern war.

Die Leitung erstarb und hinterließ eine erstickende Stille. Marcus begegnete Lindas Blick und sah, wie sich das Echo seines eigenen Konflikts auf ihn zurückspiegelte. Sie standen an einem Scheideweg, an dem sich der Weg der Freundschaft von dem Weg trennte, um das wiedergutzumachen, was zwischen ihnen zerbrochen war.

AM ANDEREN ENDE DER Stadt saß Roy Thompson in seinem Büro, umgeben vom organisierten Chaos seines neuesten Projekts. Schemata und Notizen waren über den Tisch verstreut, jedes Papier ein Zeugnis seiner akribischen Natur. Das Klingeln des Telefons unterbrach die stille Konzentration, ein unerwünschtes Eindringen.

»Roy hier«, antwortete er mit einer Stimme, die ein Muster an Gelassenheit war.

"Roy, es ist Daniel", war die Antwort, aufgeladen mit einer Schwerkraft, die Roys Nerven blank liegen ließ. "Ich habe Grund zu der Annahme, dass die Dunkelheit zurück ist."

Roy rückte seine Brille zurecht, Skepsis ätzte Falten auf seine Stirn. "Das ist eine besorgniserregende Aussage, Daniel. Sie kennen meine Position dazu."

"Ich weiß", gab Daniel zu. "Aber es wäre mir egal, wenn ich mir nicht sicher wäre. Wir müssen uns dem gemeinsam stellen."

Roy lehnte sich in seinem Stuhl zurück, sein logischer Verstand suchte nach Löchern in Daniels Aussage. Doch trotz seiner Zweifel pulsierte der Strom echter Besorgnis durch den Empfänger und fand Resonanz bei dem Teil in ihm, der die Bande der Freundschaft über alles schätzte.

"Nennen Sie mir die Fakten", forderte Roy, der bereits wusste, dass seine Entscheidung nicht auf Beweisen beruhte, sondern auf dem stillschweigenden Treueschwur, der sie über die Jahre hinweg gebunden hatte.

"In Ordnung", gab Daniel mit einem Hauch von Erleichterung in seiner Stimme zu. "Treffen Sie uns bei..."

»Hebe es dir für die Zeit auf, wenn wir alle zusammen sind«, unterbrach Roy ihn, und seine Entschlossenheit wurde immer fester. "Dann lass uns darüber reden."

"Danke, Roy. Ich wusste, dass ich auf dich zählen konnte."

Als Roy auflegte, blickte er in die Ferne, die Gedanken rasten. Jegliche Skepsis, die er hegte, musste angesichts der Realität in den Hintergrund treten: Seine Freunde bereiteten sich auf die Schlacht vor und brauchten ihn.

Das Gefühl der Zielstrebigkeit legte sich wie ein alter, vertrauter Mantel um ihn herum. Er legte seine Arbeit beiseite und wechselte den Gang vom Theoretischen zum Unmittelbaren. Es mussten Vorbereitungen getroffen werden, und die Zeit glitt dahin wie Sand durch eine Sanduhr.

"Jonas, Marcus, Roy", knisterte Daniels Stimme über die Freisprecheinrichtung, und jeder Name war von einer Schwerkraft durchzogen, die sie aus ihren individuellen Welten in eine gemeinsame Umlaufbahn der Dringlichkeit zog. "Wir sind durch die Hölle und zurück gegangen, aber was uns jetzt bevorsteht - das ist etwas anderes."

Ein schweres Schweigen trat im Gefolge seiner Worte ein. Jeder Mann war eine geisterhafte Präsenz, verbunden durch eine Geschichte, der sie weder entkommen noch sich entziehen konnten.

"Es ist, als ob er uns kennt", sprach Jonas schließlich, und seine Stimme war ein leises Grollen, das seine innere Zerrissenheit verriet. "Unsere Bewegungen, unsere Schwächen. Dies ist kein zufälliger Spuk. Es ist etwas Persönliches."

»Persönlich oder nicht«, unterbrach ihn Marcus mit rauem Ton und kaum unterdrückter Rührung, »bringt Linda in Gefahr. Ich werde das nicht zulassen – das kann ich nicht zulassen. Das Geräusch ihres vor Angst zerrissenen Atems erfüllte die kurze Pause.

"Und du wirst es nicht alleine schaffen müssen", versicherte ihm Daniel. "Gemeinsam sind wir stärker, erinnerst du dich?"

"Stärke ist nicht gleichbedeutend mit Unverwundbarkeit", unterbrach Roy ihn mit einer vertrauten Skepsis. "Wir brauchen einen Plan, etwas Konkretes. Wir können nicht einfach mit verbundenen Augen in den Schatten tanzen."

"Roy hat recht", gab Daniel zu, und seine ruhige Stimme schlängelte sich durch die Spannung. "Aber wir haben doch schon einmal mit dem Unerklärlichen konfrontiert gesehen, nicht wahr? Logik und Vernunft – sie haben ihren Platz, glauben aber auch aneinander. Unsere Verbundenheit hat uns hierher gebracht."

"Der Glaube klingt wie ein sehr dünner Schild gegen das, was diese Dunkelheit ist", sagte Jonas, aber seiner Stimme fehlte die übliche Distanziertheit.

"Vielleicht", stimmte Daniel zu, und die Müdigkeit in seinen Augen wich einer heißen Entschlossenheit. "Aber ich bleibe lieber bei euch allen, den Glauben in der Hand, als mich dem alleine zu stellen. Das sind wir uns selbst schuldig. Für unsere Familien."

Die Stille, die folgte, war geprägt von Jahren der Kameradschaft, der geschlagenen Schlachten und der gewonnenen Narben. Es war ein Schweigen voll stillschweigenden Einverständnisses – ein Eingeständnis des Gewichts, das jeder trug, und des Fadens der Loyalität, der sich weigerte, einen von ihnen in Ruhe zu lassen.

»In Ordnung«, sagte Marcus und durchbrach die Stille. "Lass es uns tun. Gemeinsam."

"Ich stimme zu", fügte Jonas hinzu, und ein leiser Anflug von Trotz färbte seine Worte.

"Zählen Sie mich dazu", sagte Roy, obwohl sein analytischer Verstand immer noch vor Fragen nur so strotzte.

»Dann ist die Sache erledigt«, sagte Daniel, und seine Stimme war ein Leuchtfeuer in der herannahenden Dunkelheit. "Wir treffen uns um Mitternacht bei mir zu Hause. Sei auf alles vorbereitet."

"Das bin ich immer", scherzte Jonas, und ein Hauch seines trockenen Humors kehrte zurück.

"Bis dann." Marcus' Antwort war kurz, unterbrochen von der Entschlossenheit seiner Entscheidung.

"Mitternacht", bestätigte Roy und schob seine Zweifel beiseite, um die Solidarität zu umarmen, die seine Gruppe immer geprägt hat.

"Danke, Freunde", sagte Daniel mit einer echten Wärme, die seinen Ton durchdrang. "Gemeinsam können wir uns dieser Dunkelheit stellen. Und wir werden siegen."

Bevor das Gespräch endete, blieb jeder Mann im Echo seiner eigenen Gedanken zurück, das Gefühl einer bevorstehenden Konfrontation lag in der Luft. Sie würden Mut aufbringen, ihre Entschlossenheit stärken und erneut ins Unbekannte marschieren. Zusammen.

»Mitternacht«, bestätigte Marcus fest, und das Wort enthielt ein Versprechen, das so unnachgiebig wie Stahl schien. Die Entscheidung hing in der Luft, schwer mit Absicht und Ängsten, die erkannt, aber nicht aufgegeben wurden.

"Schauen Sie, wir wissen, dass das nicht einfach wird", sagte Daniel mit ruhiger Stimme, als er spürte, wie sich seine kollektive Entschlossenheit veränderte. "Aber gemeinsam gibt es nichts, was wir nicht bewältigen können."

"Erinnern Sie sich an den Vorfall in Henderson?" Jonas' Frage kam aus dem Nichts, aber sie traf einen Nerv und weckte Erinnerungen an eine Zeit, in der seine Einheit das Blatt gegen einen unsichtbaren Feind gewendet hatte.

"Schwer zu vergessen", lachte Marcus trocken. "Wir waren unschlagbar, weil wir uns gegenseitig beschützt haben."

"Genau", warf Roy ein, und seine Skepsis wich der unbestreitbaren Wahrheit seiner Geschichte. "Wir haben eine Bindung, die über Freundschaft hinausgeht. Es ist wie... als eine eigene Kraft."

"Lasst uns also diese Truppe nutzen, um das zu schützen, was am wichtigsten ist", beharrte Daniel, und seine Führungsrolle wurde nie deutlicher als in diesem Moment, in dem er seine Truppen sammelte.

"Ich stimme zu", wiederholten sie fast im Gleichklang, und die Zementierung ihres Pakts hallte auf der ganzen Linie wider.

"Also gut", fuhr Daniel fort, "wir müssen uns vorbereiten. Forschung, Waffen, was auch immer nötig ist. Lassen Sie uns nicht nur standhaft bleiben; Lasst uns den Kampf in diese Dunkelheit tragen."

"Lasst uns alles ausgraben, was wir können", schlug Roy vor und stellte sich bereits die Daten vor, die er sammeln und analysieren würde.

"Ich habe Kontakte, die vielleicht etwas wissen", fügt Jonas hinzu und denkt dabei an das Netzwerk von Informanten, das er im Laufe der Jahre aufgebaut hat.

"Und ich bin bereit, ordentlich in den Hintern zu treten", erklärte Marcus, und seine Beschützerinstinkte traten mit voller Kraft an.

"Gut", sagte Daniel, und ein Lächeln berührte seine Lippen zum ersten Mal seit Beginn des Anrufs. "Denn das ist genau das, was wir tun werden."

Das Gespräch verlagerte sich von der Planung zur Aktion, eine Reihe von kurzen Gesprächen, in denen eine Strategie skizziert wurde, die teils Improvisation, teils Erfahrung war. Aber hinter jedem Wort lag die unerschütterliche Überzeugung, dass sie gemeinsam stärker seien, dass ihre gemeinsame Vergangenheit das Fundament sei, auf dem sie ihre Position gegen die eindringende Finsternis aufbauen würden.

"Wir sehen uns bei mir zu Hause", schloss Daniel. "Haltet die Augen offen."

"Immer", ertönte der Chor der Antworten, und jeder Mann war nun voll und ganz bei der Sache.

Mit diesen abschließenden Aussagen beendeten sie das Telefonat. Keine großen Reden oder emotionalen Abschiede – nur die ruhige Zuversicht der Krieger, die sich auf die Schlacht vorbereiten, wissend, dass die wahre Stärke in den Banden liegt, die sie teilen, und in der unerschütterlichen Entschlossenheit, Seite an Seite gegen alle Schrecken zu stehen, die sie erwarteten.

"Danke", sagte Daniel mit ruhiger Stimme, aber die Erleichterung war in seinem Tonfall zu sehen, als die Strategiesitzung zu Ende ging. "Ich wusste, dass ich auf dich zählen konnte."

"Jeden Augenblick", antwortete Marcus mit ruhiger Stimme, und der Anruf endete mit einem Klick, das endgültig widerhallte.

"Bis bald", murmelte Jonas, kurz bevor die Zeile verklungen war, und seine Worte verloren sich fast in der Leere zwischen ihnen.

"Sei vorsichtig, Daniel", fügte Roy hinzu, und sein analytischer Verstand schaltete bereits einen Gang höher für die bevorstehende Aufgabe, als er auflegte.

Die Stille, die folgte, war dicht von Vorfreude und der Last dessen, was kommen würde. Jeder Mann saß noch einen Moment länger da, das Telefon noch in der Hand, und verarbeitete die Schwere seines Engagements.

Daniel Wellington lehnte sich in seinem Stuhl zurück, und das Knarren des Leders durchbrach die Stille, die ihn umgab. Der Kampf, der vor ihnen lag, war nicht nur für sie, sondern auch für diejenigen, die sie liebten. Er stand da, in seiner Brust hart wie eine Rüstung, bereit zu beschützen, zu führen, zu kämpfen.

Jonas ging in seinem vollgestopften Wohnzimmer auf und ab, seine Gedanken rasten vor Möglichkeiten und Gefahren. Er war so lange aus dem Spiel gewesen, aber hier war er und tauchte ohne zu zögern wieder in die Tiefe. Es war nicht nur die Neugierde, die ihn anspornte; Es war ein Pflichtgefühl gegenüber seinem alten Freund, das Bedürfnis, sich dem Unbekannten zu stellen, das ihn quälte. Er blieb am Fenster stehen und blickte auf die dunkle Straße hinaus. Der vertraute Nervenkitzel der Jagd erwachte in ihm, zusammen mit einem Kern der Angst, den er mit Entschlossenheit schluckte.

Marcus' nervöse Hände krampften sich um sein Handy. Die Verantwortung lastete schwer auf ihm, die Erinnerungen an vergangene Begegnungen mit der Dunkelheit kratzten an den Rändern seines Bewusstseins. Aber neben seinen Freunden zu stehen, für Daniel da zu sein, wenn es darauf ankam, das war nicht verhandelbar. Er sah Linda an, die ihn mit Besorgnis in den Augen ansah. Er nickte ihr beruhigend zu, obwohl es für ihn genauso wichtig war wie für sie. Er kämpfte mit allem, was er hatte - und noch mehr.

In seinem Büro saß Roy regungslos, der Geist des Telefonats hing in der Luft. Die Logik diktierte ihm, skeptisch zu sein, jedes Detail, jeden Schatten in Frage zu stellen – aber das ging über kalte, harte Fakten hinaus. Es ging um Kameradschaft, darum, aufzustehen, wenn das Unvorstellbare sein hässliches Haupt erhob. Roys Blick wanderte zu dem Whiteboard, das mit Notizen und Gleichungen bedeckt war, Symbole für sein unermüdliches Streben nach Verständnis. Aber es gab Dinge in dieser Welt, die sich einer Erklärung entzogen, die eher Taten als Analysen erforderten. Mit einem resignierten Seufzer wischte er seine Zweifel beiseite und nahm den Mantel des unbekannten Trotzes vor sich hin.

Im Laufe der Nacht, die lange Schatten auf vier verschiedene Häuser warf, bereiteten sich die Männer auf ihre Weise vor. Die Waffen wurden kontrolliert, die Taschen gepackt und Abschiedsworte geflüstert, jede Handlung bestärkte ihn in seiner Bereitschaft, in seiner Entschlossenheit. Die Einheit, die durch jahrelange Freundschaft und gemeinsame Albträume geschmiedet wurde, war seine größte Waffe. Und als sie ihre jeweiligen Schreine verließen, hallte das Echo ihrer Übereinkunft in ihren Köpfen wider: Gemeinsam würden sie sich der Dunkelheit stellen, was auch immer sie mit sich bringen würde.

HÄNDE AN DEN DÄMON GEBUNDEN

Daniel Wellingtons Finger flogen über die Karten, die auf dem Küchentisch der Wohnung verstreut lagen, die jetzt sein Kriegszimmer war. Die Zeichen standen günstig, und mit jeder Linie, die er zeichnete, wurde der Plan in seinem Kopf klarer. Es gab keinen Raum für Irrtümer; Sie brauchten Präzision, Geschlossenheit und vor allem mussten sie sich auf die Kraft verlassen, die sie zuvor durch die Dunkelheit geführt hatte.

Das Kapitel endete mit einem Gefühl des unmittelbaren Handelns, wobei die Motivationen der Charaktere als genau die Elemente hervortraten, die sie einsetzten. Sein Engagement war in den schnellen Vorbereitungen spürbar, in der aufgeladenen Atmosphäre, die vor gemeinsamer Entschlossenheit knisterte. Die Schlacht würde bald über sie hereinbrechen, und sie würden sich ihr – wie immer – gemeinsam stellen.

Kapitel 13: Die Schlacht beginnt

Der Kies knisterte unter den Füßen, als Daniel Wellington, flankiert von seinen drei engsten Freunden, vor der unheilvollen Fassade seines Stammhauses in BlackVille stand. Das Gebäude schien höher als je zuvor, seine Fenster waren wie dunkle, nicht blinzelnde Augen auf sie gerichtet. Daniel spürte, wie die Last seiner Aufgabe auf seinen Schultern lastete, eine spürbare Last der Loyalität und der unerschütterlichen Entschlossenheit, seine Familie vor der herannahenden Dunkelheit zu schützen.

Jonas, immer der Vernunftloseste, rückte seine Brille zurecht, mit einem Zittern in den Händen, das seine Besorgnis verriet. Marcus, dessen Humor oft wie ein Schild wirkte, hatte eine seltene Ernsthaftigkeit in seine Gesichtszüge eingebrannt, während Roys Kiefer in einer schattenhaften Linie lag, die Daniels eigene Entschlossenheit widerspiegelte.

Wie auf ein Stichwort schien sich der Himmel zusammenzuziehen, dunkle Wolken wirbelten in einer engeren Formation direkt über dem Haus. Ein starker Wind peitschte um sie herum, trug das Flüstern alter Beschwörungsformeln mit sich und ließ ihre Knochen erschauern. Es schien, als wäre die Luft vom Bösen durchtränkt, von einem erstickenden Miasma, das ihre Abwehrkräfte zu durchdringen suchte, bevor sie überhaupt die Schwelle überschritten hatten.

Sie tauschten Blicke aus, und in jedem Augenpaar spiegelte sich der gleiche Cocktail aus Angst und Mut wider. Jonas nickte kurz, Marcus ballte die Fäuste und Roys Nasenlöcher weiteten sich mit jedem kontrollierten Atemzug. Daniel trat vor und spürte die Anwesenheit seiner Freunde wie ein Bollwerk auf seinem Rücken. Sie waren vereint, vier Lichtpunkte in der zunehmenden Dunkelheit.

"Denkt daran, wogegen wir kämpfen", erinnerte sich Daniel, und seine Worte waren im heulenden Wind kaum hörbar. Ihr Leben, ihre Lieben – alles hing von dieser Konfrontation ab.

Mit einem kollektiven Einatmen, das die restliche Wärme aus der Luft zu ziehen schien, bewegten sie sich auf die Tür zu. Daniel streckte die Hand aus, zögerte einen Moment lang auf dem kalten Messing-Türknauf und spürte, wie die böse Energie aus seinem Inneren pulsierte. Und dann, mit einer Drehung und einem Stoß, überquerten sie die Grenze, ließen die stürmische Welt hinter sich und reisten in das Herz des verschlungenen Terrors, der sie in Daniel Wellingtons Haus erwartete.

Innerhalb der düsteren Mauern von Daniel Wellingtons Haus standen die vier Freunde dicht an dicht in einem engen Kreis. Der Raum war regungslos, als ob er vor dem herannahenden Sturm den Atem anhielte. Daniels Blick schweifte über Jonas, Marcus und Roy, und jedes Gesicht war von grimmiger Entschlossenheit gezeichnet. Er räusperte sich und durchbrach die Stille, die schwer um sie herum hing.

"Lasst uns beten", flüsterte Daniel mit fester Stimme, trotz des Zitterns, das er in seiner Seele spürte.

Sie senkten die Köpfe und verbanden ihre Hände zu einer ununterbrochenen Kette der Solidarität. Daniel beschwor jeden Funken Überzeugung in sich, und seine Worte erhoben sich wie ein Leuchtfeuer gegen die Dunkelheit, die in die Fasern des Hauses sickerte.

»Allmächtiger Beschützer,« intonierte Daniel, »wir bitten um deinen Schild über uns und unsere Lieben. Schenke uns angesichts dieser Bosheit Kraft. Möge unser Mut das Licht sein, das den Schatten durchdringt. Führe uns durch diese Nacht und erlöse uns vom Bösen."

Das Gebet war ein Leuchtfeuer im Sturm, eine Bitte, die über den weiten Ozean der Ungewissheit geworfen wurde. Mit jeder Silbe stellte sich Daniel eine strahlende Barriere vor, die sie umgab, eine Festung des Glaubens gegen den unsichtbaren Feind, der in diesen Mauern lauerte.

Als das letzte Wort von seinen Lippen kam – ein entschlossenes "Amen", das von vier Stimmen geteilt wurde –, schien das Haus zu reagieren. Ein Sturm, plötzlich und heftig, heulte durch die Korridore wie der Schrei eines verwundeten Tieres. Er schlug gegen die Fenster und zerkratzte die Vorhänge.

Und dann, in einem schnellen Akt des Trotzes, löschte der Wind die Realität aus, die sie kannten. Die Elektrizität geriet ins Stocken, die Lampen zerbargen, und die Dunkelheit senkte sich mit rasender Geschwindigkeit herab und verschlang jeden Winkel des Raumes. Der Schutzkreis wurde nicht durch Fleisch oder Geist durchbrochen, sondern durch die Abwesenheit von Licht, das so vollständig war, dass es Gewicht und Absicht zu haben schien.

In der Dunkelheit hämmerte Daniels Herz gegen seine Rippen. Doch selbst als die bedrückende Leere ihre Entschlossenheit zu ersticken suchte, hielt das unausgesprochene Band zwischen den vier Freunden fest. Sie waren blind, aber nicht gebrochen, isoliert, aber nicht allein. Denn in dem pechschwarzen Raum, in dem die Angst Chaos zu stiften suchte, stand das Gebet wie ein geflüstertes Versprechen da: Auf die Finsternis würde immer Licht folgen, und die Einheit würde über die Verzweiflung siegen.

Die Dunkelheit war ein lebendiges, dickes, erstickendes Ding, das den Komfort des Sehens beraubte und ihn durch eine Urangst ersetzte, die in seine Knochen sickerte. Daniels Stimme wurde zu einem Anker in der Leere: "Sei ruhig. Alle, bleibt wo ihr seid."

"Daniel?" Roys Stimme zitterte von irgendwo nach rechts, und sein typisch analytischer Ton war von Besorgnis geprägt.

»Hier!« rief Jonas, und sein gewohnt trockener Witz ging in der Dringlichkeit der Situation unter.

"Marcus?" Daniel suchte in der Dunkelheit nach der Antwort seines Freundes.

"Ja", antwortete Marcus angespannt und verriet die emotionale Zerrissenheit, die er mit Mühe in Schach gehalten hatte.

"Laternen", befahl Daniel, und die Worte durchschnitten die Panik. "Jetzt."

Es gab ein Gedränge, die Geräusche wurden in Abwesenheit von Licht noch verstärkt, als jeder Mann mit der Taschenlampe herumfummelte, die er mitgebracht hatte, aber nie erwartet hatte, so schnell zu vertrauen. Daniels eigene Hände waren ruhig, als sie den Metallzylinder in seiner Manteltasche fanden. Mit einem Klick brach ein Lichtstrahl hervor und zerstreute die Schatten, die an seiner Form hafteten.

Einer nach dem anderen durchdrang die Dunkelheit – Jonas' Licht erwachte zum Leben, gefolgt von Roys ständigem Leuchten und dann dem von Marcus, jeder Strahl ein Beweis für seine Widerstandsfähigkeit. Zusammen gruben die Lichter eine Insel in das nächtliche Meer und verankerten sie wieder in der Realität von Daniels Wohnzimmer, ein starker Kontrast zu der jenseitigen Kälte, die sich in ihrer Mitte niedergelassen hatte.

"Okay, gut", sagte Daniel, und seine Stimme war jetzt ein Bollwerk gegen die eindringende Angst. "Wir sind zusammengeblieben. Wir sehen es als eines." Die vier Strahlen liefen zusammen und erzeugten ein Lichtgitter, das ihren Geist zu stärken schien und sie auf die bevorstehende Konfrontation vorbereitete.

Die Lichtstrahlen tanzten nervös und warfen lange, geheimnisvolle Schatten an die Wände, während die Freunde in Daniels Wohnzimmer einen engen Kreis bildeten. Ihre Atemzüge strömten in kurzen Schüben heraus und vernebelten die Luft, bevor sie sich in der Kälte auflösten, die sie wie ein Leichentuch umhüllte.

Plötzlich ächzten die Dielen unter einem unsichtbaren Gewicht, und ein leises Brummen erfüllte den Raum, das durch seine Knochen vibrierte. Die Lichter flackerten, knisterten und wurden dann mit einem elektrischen Knall in die Dunkelheit zurückgedrängt. Ein

Impuls bösartiger Energie stieg auf, und der Raum um sie herum schien sich zu verzerren und zu verdrehen.

"Sei ruhig", flüsterte Daniel, aber seine Stimme wurde von einer Welle von Flüstern verschluckt, die aus allen Ecken hervorbrach und sich zu einem ohrenbetäubenden Getöse steigerte. Blitzartig nahm die Dunkelheit Form und Substanz an, Schattenranken streckten sich zu jedem Mann aus.

Jonas spürte, wie der kalte Griff unsichtbarer Hände ihn zurückzog und von der Gruppe wegzog. Seine Taschenlampe fiel zu Boden, als er durch eine Tür gezerrt wurde, die kurz zuvor noch nicht existiert hatte. Er landete mit dem Rücken, Luft kam aus seinen Lungen, sein Herz raste. Vor ihm schwebte das Gespenst seiner tiefsten Furcht – sein eigener Dämon, die Augen leer und der Mund in stummem Spott geöffnet. "Versagen", zischte er und wiederholte die Zweifel, die Jonas' Geist plagten.

Roys logischer Verstand kämpfte mit der Unmöglichkeit dessen, was geschah, als auch er von den anderen getrennt und in einen kleinen Schrank geschoben wurde, der weit von seiner ursprünglichen Position entfernt sein sollte. Über ihm thronte ein mechanisches Monstrum, knarrende Zahnräder und zischender Dampf – eine Manifestation seiner Angst, die Kontrolle zu verlieren, das Chaos unerklärlicher Phänomene, die sein wissenschaftliches Verständnis nutzlos machten.

Marcus kämpfte gegen die Kraft, die ihn von seinen Freunden losriss, und sein Taschenlampenstrahl kreuzte für den Bruchteil einer Sekunde Roys Weg, bevor er gelöscht wurde. Er fand sich in der Küche wieder, vor dem lähmenden Anblick seiner Frau Linda, mit flehenden Augen, gefangen hinter einer Glaswand, die seine Hilferufe verzerrte - seine Angst, diejenigen, die er liebte, im Stich zu lassen, manifestierte sich.

Daniel, der sich gegen den Köder wehrte, schaffte es, seine Taschenlampe festzuhalten, nur um sie aus seinen Händen gerissen zu bekommen, als er in den Keller geworfen wurde. Umgeben von undurchdringlicher Dunkelheit hörte er, wie sich das Flüstern in eine einzigartige, vertraute Stimme verwandelte und Erinnerungen an vergangene Traumata hervorrief, von denen er glaubte, sie tief vergraben zu haben. "Du kannst sie nicht beschützen", neckte er und griff damit sein angeborenes Pflicht- und Loyalitätsgefühl an.

Als jeder von ihnen von seinen persönlichen Schrecken gefangen genommen wurde, entzündete sich in ihnen ein Funke des Trotzes. Jonas schloss die Augen, stabilisierte seine Atmung, und als er sie wieder öffnete, sah er kein Gespenst, sondern eine Herausforderung, der er sich stellen musste. Mit einem schiefen Lachen trat er vor und umarmte die Leere, in der seine Angst wohnte. "Ich habe dich schon einmal geschlagen", sprach er in der Dunkelheit, und die Illusion begann zu bröckeln.

Roy streckte inmitten des Lärms und Zauchens des mechanischen Tieres die Hand aus und berührte seine eiserne Haut. Es war kalt, aber nicht real – sein rationaler Verstand wusste es. Er konzentrierte sich auf die Gewissheit ihrer Freundschaft, auf die Realität ihrer Bindung, und dabei löste sich das Tier in eine Wolke aus harmlosem Dampf auf.

Marcus knallte gegen die Scheibe, seine Fäuste trafen auf keinen Widerstand, außer dass er vorbeiging. Lindas Bild verschwand und ihre Entschlossenheit verhärtete sich. Er war nicht allein; Er hatte seine Freunde, seine Liebe zu Linda. Das war seine Stärke. Und mit dieser Erkenntnis schmolz die Küche und er fand sich wieder im Kreis des Lichts.

Daniel stand vor der anklagenden Stimme, sein Glaube unerschütterlich. "Ich bin nicht allein", erklärte er, und seine Worte waren ein Gebet, das die Schatten verbannte. Als sich der Keller um ihn herum auflöste, wusste er, dass er sich wieder mit den anderen vereinen musste, um sie durch diese Dunkelheit zu führen.

Einer nach dem anderen tauchten sie wieder auf, vereint durch ihre gemeinsame Entschlossenheit. Sie trafen sich im Herzen des Hauses, ihre Laternen waren jetzt schwach und Leuchtfeuer in der Dunkelheit.

Ihre Blicke trafen sich, und jeder spiegelte den Triumph über seine inneren Dämonen wider. Gemeinsam standen sie wieder da, ohne Unterbrechung, bereit für das, was als nächstes kommen sollte.

Die schwüle Dunkelheit des Raumes schien vor Bosheit zu pulsieren, als Daniel, Jonas, Marcus und Roy sich neu gruppierten und die Schatten um sie herum wie Lebewesen zurückwichen. Die Freunde tauschten schwere Blicke aus, ihre Gesichter wurden bleich unter dem schwachen Schein ihrer Taschenlampen. In der dicken Luft, die gegen sie drückte, kristallisierte sich eine Offenbarung heraus – eine einzigartige und erschreckende Wahrheit.

"Es nährt sich von unserer Angst", murmelte Jonas, seine Stimme war kaum mehr als ein Flüstern, aber es hallte durch die angespannte Stille.

»Dann werden wir sie verhungern lassen«, sagte Daniel und trat mit entschlossener Entschlossenheit vor. Ihre braunen Augen, die sonst nachdenklich und gelassen waren, leuchteten jetzt von einem inneren Feuer, das das Grau in ihren Schläfen Lügen strafte. Er hob die Laterne wie ein Schwert, und ihr Strahl durchschnitt die Dunkelheit.

"Bleibt stark, zusammen", befahl er.

Wie durch ihr neues Verständnis provoziert, entstand das Wesen vor ihnen, ein Wirbel der Dunkelheit, der sich zu einer nebulösen und schrecklichen Form verschmolz. Er schlug um sich, Tentakel aus Schatten peitschten in der Luft auf das Quartett zu.

"Konzentriere dich auf das Licht im Inneren!" Daniels Stimme war ein klarer, kriegerischer Schrei, der das Herz der bedrückenden Finsternis durchdrang. Er begann eine Beschwörungsformel zu singen, Worte der Kraft und des Schutzes, die bis an die Wände des Hauses widerhallten.

Marcus, der sich an die Kraft erinnerte, die er in der Liebe gefunden hatte, stimmte mit der des Daniel überein, und sein Gesang harmonierte mit dem Rhythmus des Glaubens. Roy, der nicht mehr von seinem mechanischen Geist heimgesucht wurde, blieb standhaft und seine Haltung trotzig. Und Jonas, dessen Ängste ihn einst isoliert hatten, spürte nun die Solidarität seiner Freunde, die ihn verankerten.

Ihr gemeinsamer Wille manifestierte sich als strahlende Barriere, ein immaterieller Festungsschild, der dem Angriff des Wesens standhielt. Die Dunkelheit wich zurück, ihre Gestalt flackerte und schwindete, als die Gebetsgesänge und der unbezwingbare Geist der vier Freunde gegen sie prallten.

"Deine Herrschaft endet hier!" Daniels Ton verzerrte sich mit dem Befehl, ein Leuchtfeuer für seine Gefährten.

"Verlasse diesen Ort!" Roy schrie auf, und seine Angst verwandelte sich in Mut.

"Geh weg!" Marcus' Stimme stimmte unerschütterlich in den Chor ein.

"Zurück in die Schatten!" Jonas vollendete seine Einheitsfront, seine Überzeugung schimmerte durch.

Das Wesen wand sich und spuckte Bosheit, aber jeder niederträchtige Versuch, einzuschüchtern und zu spalten, wurde von der kollektiven Kraft der vier Männer abgewehrt. Der Raum bebte von der Wucht seines Gegenangriffs; Selbst die Mauern schienen zu zittern, um ihre Sache zu unterstützen.

Mit jedem Augenblick, der verging, verringerte sich die Präsenz des Wesens, sein Verständnis der Realität schwächte sich. Die Freunde machten sich auf den Weg, ihre Entschlossenheit ungebrochen, ihr Antrieb eine mächtige Waffe gegen die Dunkelheit. Das Wesen stieß ein jenseitiges Heulen aus, und der Klang seiner Wut und Frustration hallte durch das nun wackelige Haus.

Daniels Stimme erhob sich über den Lärm, fest und dominant, und führte seine Freunde durch das Chaos. Das Wesen, dessen Wesen unter dem unerbittlichen Ansturm schwankte, begann sich zurückzuziehen, und seine Gestalt löste sich auf wie Nebel vor der Morgensonne.

"Mach weiter!" Fragte Daniel, als er spürte, wie sich das Blatt zu seinen Gunsten wendete. "Es stockt!"

Gemeinsam standen sie da, ein Zeugnis für die Macht des Glaubens und der Freundschaft, denn die bösartige Macht, die sie zu verzehren suchte, war nun diejenige, die von ihrem unerschütterlichen Mut verzehrt wurde.

Die Gestalt des Wesens schrumpfte, seine einst imposante Gestalt war nun ein zitternder Schatten, der zurückwich, als ob er vom Glanz ihrer vereinten Geister verbrannt worden wäre. Sein Rückzugsort war still, aber von Herzen kommend, eine Abwesenheit, die mit jedem Herzschlag wuchs und eine Leere hinterließ, wo einst die Angst gegärt hatte. Die Temperatur im Zimmer begann mit der Kälte, die sich in seinen Knochen festgesetzt hatte, zu steigen, und ein zögerndes Licht drang durch die Ritzen der geschlossenen Fenster.

"Es ist ... Ist es wirklich vorbei?" Jonas Stimme durchbrach die Stille, seine Worte zitterten, aber von Hoffnung durchdrungen.

Marcus atmete laut aus, sein Atem war nicht mehr in der Luft zu sehen. "Wir haben es geschafft", sagte er und ein Lächeln der Erleichterung breitete sich auf seinem Gesicht aus. Sogar Roy, der sich seinen Ängsten mit dem Herzen eines Kriegers gestellt hatte, gönnte sich einen Moment der Erleichterung, seine Schultern entspannten sich, als die Anspannung sich löste.

Sie wandten sich einander zu, und die Blicke trafen sich in einer stillen Gemeinschaft des Triumphes. Da war ein kurzes Gelächter, erschrocken über seine eigene Existenz nach dem Schrecken. Sie umarmten sich, ihre Einheit war nicht nur ihr Schild, sondern jetzt auch ihre Feier, das Echo ihres Sieges hallte an den leeren Wänden wider.

"Hey, wir haben dem Ding gezeigt, was passiert, wenn es uns durcheinander bringt!" Roy klopfte Jonas auf die Schulter, und sein früherer Draufgängertum kehrte mit voller Wucht zurück.

"Unterschätze niemals die Macht der Freundschaft", fügte Marcus hinzu und seine Mundwinkel hoben sich zu einem schiefen Lächeln.

HÄNDE AN DEN DÄMON GEBUNDEN

Doch inmitten des Jubels trat Daniel einen Schritt zurück, sein Blick suchte nach den Schatten, die sich immer noch hartnäckig an den Ecken des Raumes festhielten. Das Licht war sehr zögerlich, die Stille sehr schwer. Er kannte die Wege solcher Wesen; Sie waren gerissen, oft mehr, als man vorhersehen konnte.

"Leute", sprach Daniel schließlich mit fester Stimme, aber mit Vorsicht. "Es ist vielleicht noch nicht geschehen. Wir haben es zurückgeschoben, ja. Aber diese Dinge... Sie können rücksichtslos sein. Er kann zurückkommen, stärker, wütender."

Jonas runzelte die Stirn, die Freude wich aus seinem Gesicht. "Aber alle Anzeichen, alles, was wir lasen, deuteten darauf hin. Wenn wir zusammenbleiben, kann es uns nicht schaden."

"Es stimmt", stimmte Daniel zu, und sein Blick schweifte nicht vom dunkelsten Teil des Raumes ab, "aber das Böse wie dieses gibt nach einer Niederlage nicht auf. Er wartet, er verrottet, er wächst mit der Angst, die er sät. Die Sicherheit seiner Familie hing in seinem Kopf, eine Last, die den momentanen Sieg durch eine nüchterne Verantwortung milderte.

"Dann werden wir bereit sein", sagte Marcus, und seine Entschlossenheit verhärtete sich erneut.

"Auf jeden Fall", mischte sich Roy ein, "das nächste Mal werden wir noch härter zuschlagen."

Daniel nickte langsam, er schätzte ihren Mut, war aber nicht bereit, seine Wachsamkeit im Stich zu lassen. "Wir werden wachsam sein. Im Moment feiern wir diesen Sieg, aber wir bleiben aufmerksam. Die Schlacht mag heute gewonnen sein, Freunde, aber der Krieg... Der Krieg geht weiter."

Und als die vier Männer sich wieder näherten, ihr Lachen leiser, aber nicht weniger aufrichtig, blieb Daniel Wellington wachsam, ein Wächter gegen die Dunkelheit, die direkt hinter seinem Lichtkreis lauerte.

Kapitel 14: Alles außer Kontrolle

Daniel Wellingtons Brust hob sich, als er inmitten der Trümmer des langwierigen Kampfes stand, sein Herz klopfte noch immer vor Adrenalin. Die Luft war dick von Staub und dem starken Geruch von verbranntem Holz, Überbleibsel ihres erbitterten Kampfes. Um ihn herum erhob sich der Geist der Gruppe auf den Flügeln eines ephemeren Sieges.

"Ist es vorbei?" Jonas' Stimme, leise und hoffnungsvoll, durchschnitt das dumpfe Gemurmel der Erleichterung.

"Es ist vorbei", sagte Daniel, obwohl das Grau an seinen Schläfen die Wucht des Kampfes anzudeuten schien, den sie gerade durchgemacht hatten. Er wollte auch daran glauben – er musste daran glauben, dass seine Familie über den Schatten hinausgehen konnte, der so lange über ihnen gehangen hatte.

Das Haus knarrte, als ob es neben ihnen seufzte, und die Fundamente entspannten sich nach dem unerbittlichen Ansturm des Bösen. Sie alle nahmen sich einen Moment Zeit, einen kostbaren Hauch von Normalität, und ließen zum ersten Mal seit einer gefühlten Ewigkeit ihre Wachsamkeit fallen.

Und dann, ohne Vorwarnung, schmolz die trügerische Ruhe dahin.

Ein Heulen – eine unheilige Mischung aus Schrei und Gebrüll – brach unter ihnen hervor. Die Dielen vibrierten, ein verräterisches Zeichen für die wiederauflebende Bosheit, die sie überwunden zu haben glaubten. Daniels braune Augen weiteten sich, und sein Körper verkrampfte sich instinktiv, als das Wesen seinen mächtigen und unerwarteten Angriff startete.

"Bleib hinter mir!" Roy schrie auf, sein kleiner Körper war plötzlich von schützender Wut aufgeladen, und seine Bewegungen verrieten kein Zögern, als er sich zwischen der Bedrohung und Marcus positionierte.

An den Wänden bluteten Schatten, Ranken streckten sich mit geisterhaften Fingern aus, während der gesamte Raum im Chaos versank. In diesem Moment war der vermeintliche Sieg nicht mehr als ein grausamer Scherz, und das kurze Lachen und Lächeln, das sie miteinander teilten, wurde nun durch das schattenhafte Paar Kiefer und den entschlossenen Griff von Waffen ersetzt, die nicht für körperliche Feinde gemacht waren.

"Bleibt zusammen!" schrie Daniel, und seine Stimme verankerte sich im Sturm.

Aber das Wesen war gerissen, griff mit bösartiger Kraft an und versuchte, zu teilen und zu erobern, wie es schon so viele Male zuvor versucht hatte. Es würde mehr als Glauben und behelfsmäßige Waffen brauchen, um diese Dunkelheit wieder zu binden – aber Daniel Wellington war kein Mann, der vor einem Kampf zurückschreckte, vor allem wenn das Leben derer auf dem Spiel stand, die er liebte.

Die Luft knisterte vor Bosheit, ein unsichtbares Miasma, das sich mit jeder Sekunde verdichtete. Daniels Atem kam in zerrissenen Keuchen, als er einen weiteren Angriff abwehrte, einen Strudel der Dunkelheit, der ihn ganz zu verschlingen drohte. Um ihn herum bildeten seine Freunde einen engen Kreis, ihre Gesichter waren von Angst und Entschlossenheit gezeichnet, das Licht ihres Geistes zu einem Leuchtfeuer gegen die sich ausbreitende Leere verwoben.

Sie gehorchten, ihre Stimmen erhoben sich im Gleichklang, ein Chor der Hoffnung inmitten der Verzweiflung. Das Wesen zog sich zurück, seine Gestalt blitzte an den Rändern auf, aber es war unerbittlich. Er kratzte an ihren Gedanken, flüsterte Zweifel und säte Zwietracht, versuchte, die Einheit, die seine Stärke war, zu zerbrechen.

Sobald das Wesen eine Welle auslöste, die sie mit Sicherheit überwältigen würde, kündigte das Zerbrechen des Glases von oben die Rettung an. Eine Gestalt senkte sich inmitten eines Regens von Splittern hinab und landete mit einer Wucht, die eine Schockwelle durch den Raum schickte. Pater Thomas O'Reilly, dessen Soutane sich wie die Flügel eines Racheengels wölbte, stand vor ihnen, ein silbernes Kruzifix glänzte in seiner Hand.

"Abscheulich", donnerte er, und seine lateinischen Beschwörungsformeln durchschnitten den Tumult. "Deine Herrschaft hier endet heute Nacht."

Die Gruppe scharte sich um diesen unerwarteten Verbündeten, und ihre Entschlossenheit wurde durch seine Ankunft noch verstärkt. Pater Thomas bewegte sich mit einer Anmut, die sein Alter Lügen strafte, und jede seiner Gesten war von göttlicher Absicht durchdrungen. Als sich ihnen Pater Thomas O'Reilly anschloss, begann ihre vereinte spirituelle Kraft das Blatt zu wenden, und die Schatten des Wesens schwankten unter dem Gewicht seiner Überzeugung.

"Bleibt standhaft!" Pater O'Reilly schrie auf, und seine Augen flammten von himmlischem Feuer. "Gemeinsam werden wir diese Finsternis für immer verbannen!"

Und gemeinsam kämpften sie, Seite an Seite, ihren Mut wie eine unerschütterliche Flamme mitten in der Nacht.

Jetzt zitterte Jonas Blackwoods Körper heftig, gefangen inmitten eines unsichtbaren Krieges. Seine Augen, die einst ein klares Fenster in seine charismatische Seele waren, spiegelten nun einen stürmischen Sturm wider, der zwischen der stählernen Entschlossenheit, die ihn definierte, und der jenseitigen Dunkelheit des Besitzes flackerte. Bei jedem Krampf zeichneten Schweißperlen die Linien seines Gesichts nach und vermischten sich mit Tränen, die nicht aus Schmerz, sondern aus wilder Entschlossenheit geboren waren, seinen eigenen Verstand zurückzugewinnen.

"Kämpfe dagegen, Jona!", durchdringen die Stimmen seiner Kameraden den Klang der Schlacht und verzweifelte Bitten, die ihn an die Realität binden.

Im erstickenden Griff der bösartigen Gewalt öffneten sich Jonas' Lippen zu einer Grimasse, seine Zähne knirschten gegen das dämonische Flüstern, das ihm das Wesen herausreißen wollte. Er packte ihren Kopf, die Nägel gruben sich in ihre Kopfhaut, als könnte er die dunklen Tentakel, die seine Gedanken umklammerten, physisch abreißen.

"Non tibi!", knurrte er mit fast menschlicher Stimme, ein Beweis für seinen inneren Kampf. Das Wesen wand sich in seinem Inneren, wütend über den Widerstand, und seine Kontrolle glitt wie Sand durch seine geballten Fäuste.

Plötzlich brach eine Welle der Finsternis über ihn herein, mächtiger als jede andere. Jonas Körper versteifte sich, seine Arme waren ausgestreckt, als wären sie von unsichtbaren Kräften gekreuzigt worden. Pater Thomas O'Reilly, immer der Wächter gegen das Böse, stürzte mit einem Gebet auf den Lippen auf den Kopf. Aber die Dunkelheit hatte ihren Augenblick gefunden; spielte durch Jona mit grausamer Präzision.

"Mein Gott, zahle es mir aus!" Pater O'Reillys Gesang war fest und unerschütterlich, als er sich Jona mit erhobenem Kruzifix näherte.

Ein gutturaler Schrei entfuhr Jonas, als seine Hand feuerte, nicht aus eigenem Antrieb, sondern wie eine Puppe, die von einem finsteren Puppenspieler befehligt wird. Seine Finger, in Schatten gehüllt, schlugen mit der Wucht des Verurteilten und verbanden sich mit Pater O'Reillys Brust. Der Aufprall hallte durch den Raum, ein Geräusch, das die Überlebenden für immer verfolgen sollte.

Die Zeit verlangsamte sich, als sich Pater O'Reillys Gesichtsausdruck von göttlichem Befehl in Schock verwandelte. Sein Körper fiel zu Boden, das silberne Kruzifix glitt ihm aus den Händen und rutschte über den Boden. Ein kollektiver Seufzer erhob sich aus der Gruppe, ihr Sieg verwandelte sich in Asche in ihren Mündern.

Jona taumelte zurück, das Entsetzen stand ihm ins Gesicht geschrieben, als er den gefallenen Priester sah, den Mann, der sein

Freund und Hirte gewesen war. Das Wesen lachte in ihm und erfreute sich an dem Chaos, das es gesät hatte, aber Jonas Geist sammelte sich gegen die jubelnde Dunkelheit.

"Nein ... Hoc... Est... finis..." Jona erstickte, jedes Wort ein Schlachtruf, seine Seele erholte sich, Zentimeter für Zentimeter gefoltert, vom Rand des Abgrunds. Der Raum war still, bis auf das zerrissene Atmen der Lebenden und das stumme Wehklagen der Verlorenen.

Inmitten der verstreuten Überreste seines vermeintlichen Triumphs knickten Daniel Wellingtons Knie ein, so dass er auf die abgenutzten Holzbretter fiel, die von unbeschreiblichem Schrecken zeugten. Seine Hände mit einer aus Verzweiflung geborenen Inbrunst gefaltet, bewegten sich Daniels Lippen stumm und flehten um göttliches Eingreifen in den Klang des Chaos, das ihn umgab.

"Herr", flehte er, und seine Stimme war nur ein Flüstern, das vom Lärm der Schlacht übertönt wurde, "gib mir Klarheit ... Stärke..." Jedes Wort war ein Rettungsanker, der in das stürmische Meer ihrer Seele geworfen wurde, die einen Anker in dem Sturm suchte, der sie umgab.

Als er die Augen öffnete, fielen sie auf Jonas Blackwood - seinen Freund, seinen Waffenbruder gegen die Dunkelheit. Jona war da, ein gespaltener Mann, sein Körper ein Schlachtfeld zwischen seinem eigenen Willen und der bösartigen Macht, die ihn als ihr irdisches Gefäß benutzen wollte. Die Vision durchbohrte Daniels Herz, ein Schmerz, der tiefer war als jede körperliche Wunde.

In diesem Augenblick der Abrechnung rasten Daniels Gedanken mit dem Gewicht der Wahl vor ihm. Um das Leben seiner Lieben zu retten, um die Unschuld zu schützen, die es immer noch wagte, in dieser unwissenden Welt zu existieren, wusste er, was zu tun war. Ein Sturm von Treue und Pflicht prallte in ihm zusammen; Der Gedanke, Jonas Leben auszulöschen – ein Leben, das unwiderruflich mit seinem eigenen verflochten war – war ein Gräuel für alles, was Daniel liebte.

"Kann ich meinen Bruder verurteilen, um meine Familie zu retten?", fragte er sich, und der innere Konflikt manifestierte sich als spürbarer Schmerz, der sich seiner Brust übermächtig machte. Das Gewebe seines Wesens wich bei dem Gedanken zusammen, aber die unerschütterliche Entschlossenheit, die ihn immer geleitet hatte, flüsterte ihm nun eine erschütternde Wahrheit zu: Manchmal ist der größte Akt der Liebe auch das verheerendste Opfer.

Daniel blickte in den Abgrund seines eigenen Herzens, auf der Suche nach einem Zeichen, einem Splitter der Absolution in dem dunklen Teppich des Schicksals. Mit jedem unregelmäßigen Atemzug lastete der Mantel des Beschützers schwerer auf seinen Schultern und verlangte ein Urteil von einem Gericht, das im Schatten zusammengetreten war.

"Jonas, verzeih mir", hauchte er, und die Worte waren ein stummes Gelübde, während er sich auf das Undenkbare vorbereitete. Am Ende war es die Liebe – seine gemeinsame Bindung und seine Liebe zu denen, die von ihm abhingen –, die Daniels Hand durch die Dunkelheit führen würde.

Daniel erhob sich auf die Knie, und die Entscheidung brannte Falten der Traurigkeit tief in sein Gesicht. Jonas, oder das Wesen, das seine Haut wie eine groteske Maske trug, stürmte mit vom Höllenfeuer flammenden Augen nach vorne, ein verzerrter Hohn grinste die vertrauten Züge seines Freundes an. Die Luft um sie herum verdichtete sich, als hätte die Dunkelheit selbst Substanz, und rüttelte an Daniels Entschlossenheit.

"Kämpfe dagegen, Jonas!" Daniels Stimme war ein verzweifelter Befehl, eine Bitte an den Mann, der in Bosheit versunken war.

Für einen flüchtigen Moment lächelte das höhnische Lächeln und Jonas' Blick heftete sich auf Daniels. In diesen Tiefen tauchte ein Blitz des wirklichen Jona auf, ein stummer Schrei der Befreiung aus seiner besessenen Hülle. Es reichte aus, um Daniels Herz gegen das zu verhärten, was er tun sollte.

Ihr Kampf wurde zu einem Tanz der Angst und der Not. Daniel wehrte jeden Schlag ab, nicht mit der Absicht, zu verletzen, sondern um den Mann in seinem Inneren zu erreichen. Mit jeder Blockade, mit jedem taktischen Rückzug flüsterte er Erinnerungen hervor, die nur sie teilten, und beschwor ihre Bindung, um Jonas zurückzulocken.

"Erinnerst du dich an unser erstes Abenteuer, Jonas? Hendersons alter Ort? Du warst es, der gesagt hat, dass wir alles zusammen bewältigen würden", knurrte Daniel und wich einem Schlag aus, der tödlich gewesen wäre, wenn er sein Ziel gefunden hätte.

Das Wesen in Jona brüllte, ein Geräusch, das das Fundament des Raumes erschütterte, aber die Kraft von Daniels Worten nicht übertönen konnte. Wie durch göttliches Eingreifen herbeigerufen, schien Gottes Hand ein Licht auf sie zu werfen und den Kampf im Innern zu erhellen. Jonas' Arm zitterte und wehrte sich gegen einen weiteren Schlag. Seine Stimme, angespannt und gequält, brach aus.

"Dan... Tu es. Bringen Sie es hinter sich..." Jonas keuchte, und seine Augen türmten sich jetzt vor Klarheit inmitten des Chaos.

Daniels Herz verdrehte sich. Hier war sein Waffenbruder, der die Dunkelheit mit schierer Willenskraft hielt und sich als Gefäß für den Sieg anbot. In dieser heiligen Pause wusste Daniel, dass Jonas Opfer der Dreh- und Angelpunkt sein würde, um den Griff des dämonischen Wesens auf seine Welt zu brechen.

"Verzeih mir, Jona." flüsterte Daniel, und seine Stimme brach unter dem Gewicht seiner Liebe und Treue.

Mit einer letzten Welle der Stärke legte Jonas den Einfluss des Wesens beiseite und gewährte Daniel die Öffnung, die er brauchte. Ihre Blicke trafen sich und teilten mit einem einzigen Blick eine lebenslange Freundschaft. Und dann, mit einem Gebet auf den Lippen und Tränen, die seinen Blick blendeten, schob Daniel die Klinge, die er von der Wand gezogen hatte, nach vorne.

Es durchbohrte Jonas Herz, ein tödlicher Schlag, den er von Händen ausführte, die vor der Last der Liebe und der Pflicht zitterten.

Jonas' Körper zitterte, ein letzter Atemzug entwich ihm, als die bösartige Kraft in ihm einen ohrenbetäubenden Schrei ausstieß, bevor sie sich in Nichts auflöste.

Daniel fing Jona auf, als er fiel, und wiegte die schlaffe Gestalt seines Freundes an sich. Das Licht, das die Dunkelheit umschloss, begann zu verblassen, und nur noch das Echo von Jonas letztem Mut übrig blieb, in dem leeren Sieg zu bestehen.

Die Klinge fiel; Der Schatten löste sich auf. Daniels Griff lockerte sich, als sich eine betäubende Stille wie ein Leichentuch über den Raum legte. Der Schwefelgestank wurde durch den kupferfarbenen Geschmack von Blut ersetzt. Er sah Jona an, der regungslos in seinen Armen lag, und die Welt schien den Atem anzuhalten.

Die Luft wurde dick vor Traurigkeit. Noch vor wenigen Augenblicken vibrierte er vor Kriegsgeschrei und dem Aufeinanderprallen von Gut und Böse – eine Symphonie, die nun in beklemmender Stille verstummt ist. Daniels Ohren hallten von der Abwesenheit von Geräuschen wider, eine erschreckende Erinnerung daran, dass der Krieg, den sie führten, weit über die physische Welt hinausging.

Um ihn herum war die Gruppe wie erstarrt, in geteiltem Unglauben schwebend. Jonas Blackwood mit seiner rätselhaften Aura und seinem trockenen Humor wurde zum Schmelztiegel seines Überlebens. Jetzt lag er leblos da, ein Held, der durch die Dunkelheit, die er zu überwinden geholfen hatte, den Märtyrertod erlitten hatte.

Pater Thomas' silbernes Haar hing schlaff herab, seine einst dominante Präsenz schwand. Seine greisen Hände zitterten und umklammerten einen Rosenkranz, der jetzt glitschig von Schweiß und Tränen war. Die lateinischen Gebete, die zuvor geflüstert worden waren, waren nun verloren und wurden von der Leere verschluckt, die das Wesen hinterlassen hatte.

Daniel legte Jonas' Körper sanft auf den Boden, seine Hände griffen automatisch in die Augen seines Freundes. Es schien ein Akt der Endgültigkeit zu sein, den er nicht bereit war einzugestehen, ein Eingeständnis, dass Jona nicht länger zurückblicken oder mit einer sarkastischen Erwiderung antworten würde.

"Requiescat in pace", hauchte Pater Thomas schließlich, und seine Stimme war ein zerbrechliches Echo der Autorität, die er einst in sich trug. Es gab ein kollektives Erschaudern, als die Realität ihrer Verluste sank.

Sie versammelten sich, ein Bild der Traurigkeit, jeder kämpfte mit dem Gewicht seiner Taten. Die Entscheidung, Jonas Leben zu beenden, war Daniels alleine, aber die Last wurde von allen Anwesenden geteilt. Sie haben gewonnen, ja - aber zu welchem Preis?

Daniels Knie gaben nach und er sank auf die Dielen, abgenutzt und zerschmettert wie sein Geist. Ein Gebet um Kraft wurde nicht gesprochen – welche Worte konnte er sagen, wenn der Himmel selbst ein solches Opfer verlangte?

»Deine Seele wird Frieden finden«, versicherte Marcus, obwohl seine grauen Augen Zweifel verrieten. "Er hat sich selbst aufgegeben, um uns alle zu schützen."

"Friede", hallte Daniel leer wider, ohne zu wissen, ob es einen solchen Trost für die Hinterbliebenen gab.

Draußen begann die Sonne unterzugehen und warf lange Schatten, die durch die Fenster krochen. Das charmante Dorf mit seinen Kopfsteinpflasterstraßen und rustikalen Cottages blieb von der Schlacht, die sich in seinem verborgenen Herzen abgespielt hatte, nichts mit.

Als die Nacht hereinbrach, blieben sie dort, vereint im Verlust. Vater O'Reilly und Jonas waren mehr als nur Verbündete gewesen; Sie waren Leuchttürme der Hoffnung in einem Kampf gewesen, der nicht zu gewinnen schien. Nun wurden die Essenz seines Wesens, die Liebe und Loyalität, die seinen Widerstand befeuerten, als Waffen gegen ein unergründliches Böses eingesetzt.

In der Folge wusste Daniel, dass nichts mehr so sein würde, wie es war. Sie blickten in den Abgrund, und obwohl sie gesiegt hatten, sah der Abgrund auch sie und hinterließ seine unauslöschlichen Spuren. Der Sieg war ihrer, aber auch die Trauer. Und als die ersten Sterne am dunklen Himmel erschienen, saß die Gruppe in schwerem Schweigen da und trauerte um ihre Toten und ihre für immer verlorene Unschuld.

Kapitel 15: Epilog

Daniel Wellington ließ sich in den alten Sessel sinken, der in letzter Zeit zu seinem Zufluchtsort geworden war, und die Müdigkeit in seinen Knochen sickerte in seine Kissen. Das Wohnzimmer, einst ein Zufluchtsort der Wärme und des Lachens, war nun in Schatten und Stille gehüllt. Seine Familie und Freunde waren zerstreut wie erschöpfte Soldaten nach einer Schlacht, jeder in seine eigenen Gedanken versunken, ihre Gesichter dünn vor Müdigkeit.

Chris hatte den Raum betreten und saß nun auf der Kante der Couch, ihre dunklen Augen verschleiert, aber wachsam, und suchte den Raum mit instinktivem Schutz ab. Ihre Widerstandsfähigkeit schimmerte durch die Blässe ihrer Haut, ein stummes Zeugnis der Schrecken, denen sie gemeinsam begegneten.

Marcus lehnte sich an den Kamin, die rauen Linien seines Gesichts waren von den Ereignissen der Nacht noch tiefer gezeichnet. Gelegentlich streckten sich seine Hände aus, wie aus Gewohnheit, nur um sich dann in die Isolation zurückzuziehen.

Roy saß auf dem Boden, den Rücken gegen die Wand gelehnt, die Knie angehoben. Seine Brille reflektierte das schwache Licht, während er nichts Bestimmtes betrachtete, während sein analytischer Verstand mit der Irrationalität kämpfte, die in seine Realität eingedrungen war.

"In Ordnung", Daniels Stimme war sanft, aber von dem stillen Raum durchdrungen, "wir müssen entscheiden, was wir der Polizei sagen werden." Seine Worte schienen sie aus ihren geheimen Abgründen zurückzulocken, und drei Augenpaare begegneten den seinen mit einem Ruck des Gewissens.

Die Lüge hing in der Luft zwischen ihnen, schwer und erstickend. Es war Chris, der zuerst sprach, seine Stimme fest, aber leise. "Jonas... Er war besorgt, ja, aber zu sagen, dass er Pater O'Reilly getötet hat ...

»Notwehr«, unterbrach ihn Marcus mit tiefer und hohler Stimme. "Wir werden sagen, dass es Selbstverteidigung war. Dass Jonas im Wahnsinn verloren war und Pater O'Reilly keine andere Wahl hatte.

"Auch wenn es weit von der Wahrheit entfernt ist?" Chris' Frage war ein Flüstern, eingehüllt in Schichten von Schuldgefühlen.

»Vater O'Reilly hätte es verstanden«, fügte Roy pragmatisch hinzu und rückte seine Brille zurecht. "Er kannte die Risiken, die damit verbundenen Risiken. Es ist besser für die Welt, Jona als Verrückten zu sehen, als die Wahrheit, die unter der Oberfläche lauert.

"Aber können wir damit leben?" Daniel suchte nach ihren Gesichtern, suchte Bestätigung oder Widerspruch. "Mit dem Gemälde von Jona als Bösewicht?"

Eine Stille umhüllte den Raum, beladen mit unausgesprochenen Ängsten und dem Gewicht moralischer Verpflichtung. Jeder von ihnen trug die Narben seiner Begegnung, unsichtbare, aber unauslöschliche Spuren in seiner Seele.

"Es ist zum Wohle der Allgemeinheit", sagte Chris schließlich, nahm Daniels Hand und drückte sie fest. "Wir müssen an die Lebenden denken – daran, sie vor dem zu schützen, von dem wir wissen, dass es da draußen ist."

"Dann ist es erledigt." Daniels Nicken war langsam und widerwillig. Jeder spürte die Schwerkraft der Fassade, die er errichten wollte. Es war ein notwendiges Übel, ein Schild gegen eine Welt, die auf die bösartige Wahrheit nicht vorbereitet war.

Sie verband nicht nur die Freundschaft, sondern auch die gemeinsame Last eines Geheimnisses, das zu erschütternd war, um enthüllt zu werden. Die Lüge wäre ihr Pakt, ihre Rüstung gegen die Dunkelheit, die in ihr Leben eingedrungen ist. Und als sich jeder wieder in seine eigenen Gedanken zurückzog, verwandelte sich das

Wohnzimmer in eine Kammer stiller Auflösung, die sich auf die Morgendämmerung vorbereitete, in der die Lüge ihren ersten Atemzug machen würde.

Mit leicht zitternder Hand nahm Daniel den Hörer ab. Der Ton des Zifferblatts – ein starker Kontrast zum rauen Atmen seiner Gefährten – schien wie ein Herzschlag durch den Raum zu pulsieren. Er gab die Nummer für die Polizei mit bedächtiger Sorgfalt ein, und jeder Piepton hallte in der Stille wider.

"Blackville Police Department", ertönte die frische Stimme am anderen Ende der Leitung, professionell und distanziert.

"Hallo, hier ist Daniel Wellington. Ich muss melden... zwei Tote." Seine Stimme war ein raues Flüstern, das kurz vor dem Zusammenbruch stand.

"Bitte bleiben Sie in der Schlange, Sir", sagte der Disponent. "Ich verbinde dich mit Detective Donovan Temple."

Sekunden später ertönte eine neue Stimme durch den Hörer, fest, aber mit einem Ton des Einfühlungsvermögens. "Detektiv Temple hier. Können Sie mir sagen, was geschehen ist, Mr. Wellington?

"Ich habe Pater O'Reilly und Jonas Blackwood tot auf meinem Grundstück gefunden", erklärte Daniel, und jedes Wort war gemessen, aber auch von Trauer geprägt. "Es scheint, dass... Jonas griff den Pfarrer an und... Es gab einen Kampf."

"Verstanden. Wir werden sofort Beamte schicken. Bleiben Sie, wo Sie sind, und wir werden Ihre vollständige Erklärung abgeben, wenn wir ankommen. Danke, dass Sie das angerufen haben", erwiderte Temple, wobei seine Professionalität die Besorgnis in seinem Ton nicht überdeckte.

"Danke, Detective", murmelte Daniel, bevor er auflegte und den Zweck des Anrufs wie eine Last auf seiner Brust spürte.

Innerhalb einer halben Stunde durchbrachen blinkende blaue Lichter die stille Morgendämmerung, als Autos, die mit den Insignien des Blackville Police Department geschmückt waren, zum Stehen kamen. Die Reporter, die vom Geruch der Tragödie angezogen wurden, erschienen kurz darauf mit ihren Kameras und Mikrofonen.

Detective Temple stieg aus dem ersten Wagen, und seine große Gestalt fiel sofort ins Auge. Neben ihm tauchte Detective Sergeant Amy Campbell auf, ihre kleinere Statur nicht weniger beeindruckend. Zielstrebig näherten sie sich der Tür, die Abzeichen leuchteten in der aufgehenden Sonne.

»Herr Wellington?« Temple streckte die Hand aus und fand in Daniels Händen einen erschütterten, aber festen Mann.

"Detektiv", bestätigte Daniel mit einem Nicken und deutete sie hinein.

Die Detektive nahmen Aussagen aller Anwesenden auf, deren aufmerksames und akribisches Verhalten. Campbells Witz zeigte sich gelegentlich und milderte die düstere Aufgabe, die vor ihr lag, aber sie blieb genauso konzentriert wie ihre Partnerin.

Im Laufe des Morgens zeichneten die Zeugnisse von Daniel und der Gruppe ein Bild von Jonas Abstieg in den Wahnsinn – eine Erzählung, an der sich alle wie ein Rettungsanker festhielten. Seine Augen sprachen viel von der unausgesprochenen Wahrheit, aber seine Worte waren konsistent, einstudiert.

Nachdem die Szene dokumentiert und die Aussagen aufgezeichnet waren, kuschelten sich Temple und Campbell kurz draußen zusammen und tauschten leise Worte aus. Sie hatten in ihrer Karriere viel gesehen, aber der Schrecken von heute war tief in ihren Köpfen eingebrannt.

"Klingt nach einem klaren Fall von Selbstverteidigung, findest du nicht, Temple?" sagte Campbell und beobachtete, wie sich Reporter um jeden drängten, der herauskam.

»Es scheint so,« erwiderte er, obgleich seine Augen mit der Intuition eines Soldaten auf dem Hause verweilten. "Aber irgendetwas daran fühlt sich nicht richtig an."

"Dem stimme ich zu. Aber wenn die Beweise passen..."

"Das ist also der Job." Temple beendete den Gedanken, ihr Gesicht auf eine Maske der Entschlossenheit gelegt.

Sie wandten sich mit Leichtigkeit an die Medienhorde, bestätigten die Todesfälle und erklärten, dass alle vorläufigen Ergebnisse auf eine tragische Auseinandersetzung ohne Gefahr für die Öffentlichkeit hindeuteten. Mit jedem Wort spürte Daniel, wie sich die Lüge um sie herum zu einer Hülle verfestigte.

Als das letzte Polizeifahrzeug mit dem Blitzlicht der Kameras und dem Summen der Neugier abfuhr, summte Blackville von den Neuigkeiten. Die Ermittlungen wurden schnell abgeschlossen, die offizielle Geschichte ohne Frage akzeptiert.

Daniel beobachtete, wie die Limousinen und Vans davonfuhren und eine trügerische Ruhe hinterließen. Ihr Herz klopfte gegen ihren Brustkorb – ein Rhythmus aus Schuld und Erleichterung kämpfte in ihrem Inneren. Der Pakt war besiegelt, ihr Leben mit einer Lüge verflochten, die sie vor einer Dunkelheit schützen sollte, die zu groß war, um sie zu begreifen.

Und als sich der Staub gelegt hatte, blieb nur noch das Echo seiner Täuschung übrig, das durch die Räume eines für immer veränderten Hauses flüsterte.

Daniel stand in der Mitte des Wohnzimmers und beobachtete, wie die letzten Überreste blauer und roter Lichter in der hereinbrechenden Nacht verschwanden. Die Stille, die folgte, fühlte sich an wie ein Leichentuch, schwer und erstickend, aber es gehörte ihnen, die sie jetzt formen mussten. Er wandte sich Chris, Marcus, Linda und Roy zu, die sich zwischen den zerzausten Möbeln ausstreckten und ihre gespenstisch bleichen Gesichter im Nachglühen des Traumas hatten.

"Hör zu", begann Daniel mit heiserer, aber fester Stimme, "wir müssen versuchen, zu unserem normalen Leben zurückzukehren, uns unauffällig zu verhalten." Seine Blicke trafen jeden von ihnen und suchten einen stillschweigenden Pakt. "Es gibt keine Möglichkeit, mit irgendjemandem außerhalb dieses Raumes darüber zu sprechen, findest du nicht auch?"

Das Nicken kam langsam, widerstrebend, und jedes trug das Gewicht unausgesprochener Ängste. Sie verstanden die Notwendigkeit des Schweigens, den schützenden Kokon, den er gegen Blackvilles neugierige Blicke anbot, und die quälenden Fragen, die folgen würden.

In diesem Moment räusperte sich Marcus, und der Klang war scharf in der Stille. Er wechselte einen langen Blick mit Linda, deren Hände fest in seinem Schoß gefaltet waren. "Linda und ich", hielt er inne und schluckte, "wir haben beschlossen, uns zu trennen."

Die Worte hingen in der Luft, streng und unwiderruflich. Lindas Augen, die sonst so lebendig und voller Kampf waren, waren von Resignation abgestumpft, als hätte die Dunkelheit, der sie gegenüberstanden, einen lebenswichtigen Funken in ihr ausgelöscht.

"Alles, was passiert ist... es hat uns getroffen", fügte Marcus hinzu, seine Stimme war kaum mehr als ein Flüstern. Seine robusten Gesichtszüge, einst der Inbegriff von Stärke, schienen nun von Linien der Niederlage gezeichnet zu sein.

Eine kollektive Trauer legte sich über die Gruppe, eine gemeinsame Trauer um die Liebe, die den Schatten erlag, die in ihr Leben eindrangen. Daniel beobachtete sie, sein Herz schmerzte, als er sah, wie seine Einheit zerbrach. Es war eine ernüchternde Erinnerung daran, dass nicht alle Wunden sichtbar sind und nicht alles, was kaputt ist, repariert werden kann.

"Marcus, Linda, es tut mir leid", sagte Daniel, und Aufrichtigkeit mischte sich in seine Worte. Es gab nichts mehr zu bieten – keinen Trost, der die Kluft überbrücken konnte, die sich zwischen zwei Menschen auftat, die einst geschworen hatten, jeden Sturm gemeinsam zu überstehen.

Jeder wusste, dass sich ihre Wege von diesem Zeitpunkt an trennen würden, geprägt von den Narben, die sie trugen, und den Geheimnissen, die sie hüteten. Aber in diesem Moment roher

Ehrlichkeit hielt das Band, das durch die Not geschmiedet worden war, fest und gab ihm das stille Versprechen, die Geschichten des anderen sorgfältig weiterzutragen, abgeschottet von der Welt, die ihn jenseits der Mauern eines Hauses erwartete, das er zu oft gesehen hatte.

Die Überreste der Schlacht waren im Wohnzimmer verstreut, eine greifbare Erinnerung an das Chaos, das sie erlitten hatten. Daniel stand am Fenster, den Blick verlor sich in der stillen Straße, die sich nicht mehr wie ein Zuhause anfühlte. Er drehte sich um, als Roy sich räusperte, und die übliche ruhige Haltung des Mannes wurde durch eine unruhige Bewegung seiner Füße ersetzt.

"Daniel, Jungs", begann Roy und seine Stimme verriet ein Zittern. "Ich habe eine Entscheidung getroffen." Seine Brille fing das Licht ein, als er aufblickte, und enthüllte rote Augen – ein starker Kontrast zu seiner normalerweise stoischen Präsenz. "Ich ziehe von Blackville weg. Ich brauche... Raum. Ein Neuanfang."

Die Gruppe sah schweigend zu, wie Roys Hände sich ballten und öffneten, während das Bedürfnis des Ingenieurs nach Logik mit den emotionalen Konsequenzen des Horrors jenseits der Vernunft kämpfte. In dem subtilen Zittern ihrer Lippen und ihrer gerunzelten Stirn lag ein Schlachtfeld widersprüchlicher Gefühle: die Erleichterung der Flucht, der Kampf gegen die Schuld, gegangen zu sein.

"Roy, wir verstehen", antwortete Daniel mit fester Stimme, aber voller Mitgefühl. "Ihr seid mit uns durch die Hölle gegangen. Du verdienst eine Chance zum Wiederaufbau."

Als er sich vom Fenster abwandte, warf das verblichene Sonnenlicht lange Schatten auf Daniels Gesicht, die die silbernen Strähnen in seinem Haar und die Entschlossenheit, die in seinen Zügen eingebrannt war, betonten. »Ich habe viel nachgedacht«, fuhr er fort und zog damit die Aufmerksamkeit des Raumes auf sich. "Dieses Haus wurde durch das, was passiert ist, kontaminiert. Meine Familie... Wir müssen es hinter uns lassen."

Er atmete tief ein, und als er wieder sprach, war da eine Schwingung in seinen Worten, die vorher nicht da gewesen war. "Unser Glaube ist auf eine Weise auf die Probe gestellt worden, die ich mir nie hätte vorstellen können. In diesen Momenten spüre ich die Gegenwart Jesu mehr denn je. Er hat uns durch diese Dunkelheit getragen, und durch seine Gnade sind wir heute hier."

Eine Mischung aus Bewunderung und Respekt überzog die Gesichter der Versammelten, als sie Daniel ansahen. Einige fanden Trost in ihrer Überzeugung, während andere einfach nur die Kraft bewunderten, die sie ihnen gab. Sie alle waren Überlebende, jeder trug die Hauptlast seines eigenen Überlebens.

"Zu gehen ist unser Weg zur Heilung", erklärte Daniel, und die Entschlossenheit in seiner Stimme klang deutlich. "Wir werden einen neuen Ort finden, ein Heiligtum, in dem die Angst nicht mehr in jeder Ecke wohnt. Wo wir leben und nicht nur überleben können."

Trotz der schweren Miene des Aufbruchs gab es ein stillschweigendes Eingeständnis, dass die Bande, die im Schmelztiegel des Schreckens geknüpft worden waren, fortbestehen würden, unsichtbare Fäden, die sie miteinander verbanden, selbst wenn sich ihre Wege trennten. Roy nickte, sein Gesichtsausdruck war ein komplexer Teppich aus Dankbarkeit und Traurigkeit, dann drehte er sich um und trat in die Umarmung einer unabsehbaren Zukunft.

Und damit war das Kapitel der Wellingtons im Haus zu Ende. Das Schild, das draußen zum Verkauf stand, würde bald unter neuem Himmel flattern, das Versprechen der Wiederherstellung auf seiner Oberfläche geschrieben, als auch sie es wagten, das Leben zurückzufordern, das das Böse für einen Moment gestohlen hatte.

In der schweren Stille, die auf Roys Abreise folgte, lenkte ein leises Husten alle Blicke auf Pater Samuel. Er stand da, seine Präsenz bescheiden, aber von einem unverkennbaren Zielbewusstsein getragen. Der Raum schien sich zu seiner stillen Kraft zu neigen, als er vortrat.

"Pater O'Reilly hat ein großes Vakuum hinterlassen, das es zu füllen gilt", begann der jetzige Pater Samuel, und seine Stimme war ein beruhigender Balsam in den rauen Nachwirkungen des Chaos. "Aber ich möchte, dass ihr alle wisst, dass ich für euch da bin. Wir sind durch Prüfungen gegangen, die viele zerbrechen würden, aber hier sind wir." Ihre braunen Augen, ernst und unverwandt, begegneten jedem Blick der Reihe nach und boten Trost an.

Als ob ein warmes Licht inmitten der Schatten ihres Herzens zum Leben erwacht wäre, fühlte die Gruppe einen kollektiven Atemzug, von dem sie nicht bemerkt hatten, dass sie ihn anhielten. Chris' Schultern entspannten sich ein wenig, und Lindas Hand traf Marcus' Hand, ihre Finger waren mit einer zerbrechlichen Kraft ineinander verschlungen.

»Danke, Pater Samuel«, murmelte Linda mit dankbarer Stimme. "Zu wissen, dass wir jemanden haben, der uns führt... Es bedeutet mehr, als man sich vorstellen kann."

"In der Tat", fügte Marcus hinzu. "Ihre Unterstützung ist ein Eckpfeiler, auf dem wir wieder aufbauen können."

Pater Samuel nickte mit demütiger Miene. "Lasst uns gemeinsam unseren Weg durch diese Dunkelheit finden. Heilung beginnt mit dem Glauben, und aus dem Glauben schöpfen wir unsere Kraft."

Der Raum verwandelte sich in eine Verständigung – eine gemeinsame Gemeinschaft von geschundenen Seelen, die durch ihre Tortur verbunden waren. Sie erhoben sich, einer nach dem anderen, ihre Bewegungen langsam, aber bedächtig. Es wurden Blicke gewechselt, und jeder war erfüllt von stummem Erkennen der Tiefen, aus denen sie emporgestiegen waren.

"Passt auf euch auf, Jungs", sagte Daniel und schüttelte Marcus und dann Pater Samuel die Hand. "Wir werden in Kontakt bleiben. Denken Sie daran, wir sind nicht allein, nicht wirklich."

"Auf jeden Fall", stimmte Marcus mit heiserer, aber fester Stimme zu. "Und wenn Sie das neue Verkaufsschild in Ihrem alten Haus sehen, sollten Sie wissen, dass es nicht nur um einen Umzug geht. Es geht darum, nach vorne zu gehen."

"Genau", antwortete Daniel und ein trauriges Lächeln umspielte seine Lippen. Er wandte sich an Pater Samuel und legte die Hand auf die Schulter des neuen Priesters. »Führen Sie sie gut, mein Freund.«

Pater Samuel nickte feierlich und nahm den ihm gereichten Mantel entgegen. "Mit Gottes Hilfe werde ich es tun."

Sie verweilten noch einen Augenblick, und ihr Abschied wurde in der Sprache der gemeinsamen Blicke und des subtilen Nickens gesprochen. Dann zerstreuten sie sich, wie Individuen, die ihre eigenen einzigartigen Lasten tragen, in die Dämmerung, und jeder unternahm zögerliche Schritte in Richtung Heilung und Hoffnung.

Draußen erstreckte sich der Schirm des Himmels weit und unendlich über ihnen, Sterne begannen den Schleier der Dämmerung zu durchdringen. Trotz der Narben, die ihren Geist prägten, war es Trost in der Beständigkeit des Himmels – eine Erinnerung daran, dass das Licht selbst in den dunkelsten Nächten immer wiederkehren würde.

Die Morgensonne warf einen goldenen Farbton auf das frisch gestrichene "Zu verkaufen"-Schild, das nun den Rasen des ehemaligen Hauses der Familie Wellington schmückte. Daniel beobachtete aus dem Fenster seines gemieteten SUV, wie seine Frau das Schild vorsichtig auf dem Boden positionierte. Es war ein kleiner Akt, aber er symbolisierte viel mehr; eine endgültige Trennung von den dunklen Tentakeln seiner Vergangenheit.

»Es scheint ganz einfach zu sein«, rief er leise, um das nachdenkliche Schweigen, das sie seit dem Morgengrauen umgab, nicht zu unterbrechen.

"Gut", antwortete seine Frau und trat einen Schritt zurück, um seine Arbeit zu bewerten. Seine Stimme klang von mäßigem Triumph, ein Klang, der Daniels eigene stille Entschlossenheit widerspiegelte.

Als sie weggingen, schrumpfte das Haus im Rückspiegel, aber das Gewicht seiner Erinnerung ließ nicht nach. Auf dem Beifahrersitz hielt Daniel die Hand seiner Frau und erkannte die Kraft, die sie ausstrahlte, die stillschweigende Entschlossenheit, ihr Leben auf der Grundlage neu aufzubauen.

Ihre neue Wohnung war bescheiden inmitten der Landschaft von BlackVille gelegen, und ihre Holzfassade zeugt von einfacheren Zeiten. Daniel konnte das Lachen seiner Tochter hören, als sie ihre neue Umgebung erkundeten - das Knarren der Dielen unter ihren kleinen Füßen, die Schreie der Lust in versteckten Ecken und geheimen Räumen. Es waren die Klänge der Heilung, die Musik des Lebens, das sich vorwärts bewegt.

Einen Augenblick lang stand er allein im Rahmen des Küchenfensters, seine Augen folgten dem Horizont, wo die Felder auf den Himmel trafen. Hier herrschte Frieden, ein Gefühl der Geborgenheit, das ihnen lange Zeit fremd gewesen war. Daniel schloss die Augen und ließ den Geruch von Wildblumen und das ferne Rauschen des Flusses über sich ergehen. Dies war sein Neuanfang, seine Chance auf Normalität, und er fühlte sich durch diesen Neuanfang vehement geschützt.

Währenddessen saß Pater Samuel in der stillen Einsamkeit seines neuen Büros, einem einfachen Raum in der Kirche, der zu seinem zweiten Zuhause geworden war. Die Verantwortung, die seine Rolle mit sich brachte, lastete schwer auf ihm, aber es war eine Last, die er mit Ehre trug. Er dachte über die Ereignisse nach, die ihn hierher gebracht hatten, über die erschütternde Reise, die seinen Glauben auf die Probe stellte und seine Bande schmiedete. Seine Finger strichen über die Seiten seiner Bibel und fanden Trost in vertrauten Versen.

Pater Samuel verstand, dass seine Berufung nicht nur darin bestand, Gottesdienste zu leiten oder Ratschläge zu geben. Es ging darum, ein Leuchtfeuer der Hoffnung in einer Welt zu sein, die oft in Schatten gehüllt schien. Er dachte über die bevorstehenden

Herausforderungen nach, wohl wissend, dass die Dunkelheit, mit der sie konfrontiert waren, nie wirklich überwunden werden konnte. In seiner Überzeugung lag jedoch eine Kraft, ein unerschütterliches Engagement, ein Wächter gegen jede Böswilligkeit zu bleiben, die aufkommen könnte.

In diesen Momenten des Nachdenkens wurden die beiden Männer durch das Wissen gestärkt, dass sie in ihren Kämpfen nicht allein waren. Jeder von ihnen war Teil eines größeren Gefüges, das durch gemeinsame Erfahrungen und die unerschütterliche Weigerung, sich der Verzweiflung hinzugeben, miteinander verwoben war. Mit jedem Moment der Stille, mit jedem Schritt in Richtung der alltäglichen Routinen des Lebens bestärkten sie ihre Widerstandsfähigkeit und ihre Entschlossenheit, durch alle Prüfungen der Zukunft hindurch durchzuhalten.

Daniel Wellingtons Schritte waren bedächtig, als er an dem leeren Haus vorbeikam, das einst ein Schrein gewesen war, der zum Schlachtfeld wurde. Seine Hände gruben sich in die Taschen seines abgetragenen Mantels, und mit jedem flüchtigen Blick konnte er spüren, wie die Dunkelheit wie ein anhaltender Nebel an den Rändern des Grundstücks haftete. Es war, als ob die Luft um das verlassene Haus herum mit einer stillen Warnung aufgeladen war – eine Erinnerung daran, dass das Böse, wenn es einmal eingeladen ist, nie ganz verschwindet.

Das Gebäude war verwüstet, ein greifbares Echo des Schreckens, den alle ertragen hatten. Ihre Fenster, hohl und ohne zu blinzeln, blickten Daniel an, als verbargen sie Geheimnisse hinter seinem glasigen Blick. Er konnte immer noch die Überreste dunkler Zauber und böser Geister spüren, die aus den Poren des Gebäudes zu dringen schienen. Die Stille, die den Ort umgab, war trügerisch; Er enthielt eine subtile Schwingung, ein Flüstern der Bosheit, das unter der Oberfläche wartete.

Monate vergingen, jeder sah Daniel den gleichen Weg gehen, und sein Blick fiel unweigerlich auf das Haus, an das sich niemand heranwagte. Das "Zu verkaufen"-Schild im Hinterhof wurde zu einem weiteren Teil der Landschaft – verblasst und vergessen von den Einwohnern Blackvilles, die die Straße überquerten, anstatt zu nahe an die Grenzen zu gehen.

Dann kam der Tag, an dem das Schild zum ersten Mal seit Jahren zitterte und an seiner Stange rasselte, als neue Hände es hielten. Eine dreiköpfige Familie – der Vater mit einem hoffnungsvollen Lächeln in seinen Zügen, die Mutter mit einem Lachen in den Augen und ihre Tochter, deren jugendlicher Überschwang explodierte, als sie die Stufen hinaufstieg – versammelten sich um das Schild. Gemeinsam zogen sie sie vom Boden, ihre kollektive Freude stand in scharfem Kontrast zu der dunklen Geschichte des Hauses.

"Willkommen zu Hause!", rief der Vater mit verheißungsvoller Stimme, als er das Schild beiseite schwenkte und seine Familie zur Haustür führte.

"Schauen Sie sich diesen Ort an! Es ist perfekt", stimmte die Mutter zu und legte ihre Hand auf den Rücken ihres Mannes, als sie die Schwelle überquerten.

Die junge Frau, ihr Haar wie goldgesponnenes Haar, wirbelte in der Lobby, und ihr Lachen hallte durch die einst stagnierenden Korridore. "Es ist wie ein Märchenhaus!"

Daniel schaute aus der Ferne zu, das Gewicht seines Wissens lastete schwer auf seiner Brust. Keiner von ihnen bemerkte, wie sich die Schatten ein wenig zu weit zu strecken schienen, noch hörten sie den leisen, kaum wahrnehmbaren Seufzer, der durch die Blätter der Bäume flüsterte, die den Gehweg säumten.

Er wollte schreien, um sie vor der Gefahr zu warnen, die noch hinter diesen Mauern lauern mochte, aber was sollte er sagen? Dass das Haus von mehr als nur Erinnerungen heimgesucht wurde? Nein, sie würden es nicht verstehen – nicht, bis es vielleicht zu spät wäre.

Schweren Herzens wandte sich Daniel um und ließ den Klang des Glücks der Familie zurück, der sich mit dem leisen Rauschen von etwas Altem und Unruhigem mischte, das sich in den Fundamenten des Hauses regte. Während er ging, umhüllte ihn eine kalte Brise, eine stille Anerkennung, dass im Laufe seines Lebens die Dunkelheit verweilte, geduldig und allgegenwärtig.

Daniel Wellingtons nächtlicher Spaziergang wurde zu einem Ritual, einem Moment der Stille, um seine rasenden Gedanken zu beruhigen. Doch heute Abend fühlte sich die Luft anders an, schwerer, als ob sie das Flüstern einer alten, unaufgelösten Melodie mit sich trug. In der Nachbarschaft herrschte Stille, bis auf das gelegentliche Rascheln der Blätter oder das ferne Bellen eines Hundes. Aber als er sich dem Hause näherte – diesem Haus –, unterbrach ein plötzlicher Schrei die Ruhe.

Instinktiv spannte sich Daniels Körper an und seine Augen verengten sich, als er seinen Schritt beschleunigte. Er erkannte dieses Geräusch; Er wurde nicht einfach aus Angst geboren, sondern aus dem Schrecken, der in seine Knochen sickerte und den er vor Jahren zum Schweigen gebracht zu haben glaubte. Es kam aus dem Haus mit dem Licht der Veranda, das wie eine erlöschende Flamme flackerte, der Wohnung, in der Glück und Lachen für kurze Zeit Einzug gehalten hatten.

Als er sich näherte, durchdrang ein weiterer Schrei die Nacht, gefolgt von einer Mischung aus panischen Stimmen. Ohne nachzudenken sprang Daniel über den niedrigen Gartenzaun, sein Herz klopfte gegen seinen Brustkorb. Jeder Schlag war eine feierliche Trommel, eine düstere Erinnerung an die geschlagenen Schlachten und die ewige Gegenwart des Bösen, die wie ein Fluch an diesem Ort haftete.

"Raus damit!", wollte er schreien, um seine innere Unschuld vor den Schrecken zu schützen, die er nur allzu gut kannte. Aber seine Stimme verlor sich in dem Chaos, das sich vor ihm entfaltete.

Als er an der Haustür ankam, zögerte er nicht. Mit einer Kraft, die aus Furcht und Entschlossenheit geboren war, öffnete er sie. Die Angeln ächzten vor Protest und hallten durch das einst friedliche Haus, das nun von Schatten erfüllt war, die sich in Erwartung zu winden schienen.

Daniel trat ein, sein Blick schweifte über die Lobby, in der sich die junge Frau einst gedreht hatte, und sein Lachen war nur noch eine ferne Erinnerung. Jetzt hielt das Haus den Atem an, als warte es darauf, dass der letzte Ton gespielt wird.

"Hallo?!" Sein Ruf wurde mit Schweigen beantwortet. Die Schreie verstummten, an ihre Stelle trat eine Stille, die wie die Ruhe vor einem Sturm wirkte. Daniels Handgelenk raste, jede Faser seines Körpers war wachsam für die unsichtbare Gefahr, die außer Sichtweite lauerte.

Er bewegte sich vorsichtig vorwärts, der vertraute Grundriss des Hauses bot keinen Trost. Stattdessen fühlte sich jeder Schritt wie ein Abstieg in eine Vergangenheit an, die sich weigerte, begraben zu bleiben. Die Umgebung war mit einer bösartigen Energie aufgeladen, einer Präsenz, die ihn zu erkennen schien - einen alten Feind, der einen würdigen Gegner erkannte.

Plötzlich schloss sich die Tür hinter ihm mit einem unheimlichen Ziel, das durch die leeren Flure hallte. Daniel drehte sich um, ihm stockte der Atem. Der Klang hallte wider und markierte die Grenze zwischen dem Lebendigen und dem Reich des Flüsterns und der Schatten.

In diesem Augenblick wurde der Raum kälter, die Dunkelheit dichter, als ob das Haus selbst einen Seufzer unheimlicher Zufriedenheit ausstieße. Daniel stand an der Schwelle zum Unbekannten, der letzten Verteidigungslinie gegen ein Böses, das niemals stirbt.

Die Geschichte endete dort, als Daniel Wellington, ein Mann, dessen Entschlossenheit im Feuer der Widrigkeiten geschmiedet worden war, sich darauf vorbereitete, sich erneut der Dunkelheit zu stellen. Die Tür schloss sich und versiegelte das Licht der Außenwelt, so dass nur das Echo der Schreie und der unerschütterliche Mut derer übrig blieben, die sich nachts weigern, sich zu ergeben.

ENDE.

Don't miss out!

Visit the website below and you can sign up to receive emails whenever Carlos Matos publishes a new book. There's no charge and no obligation.

https://books2read.com/r/B-A-AGOID-ZRFYF

BOOKS 2 READ

Connecting independent readers to independent writers.

About the Author

Carlos Matos is an Information Technology professional who has always had a passion for telling stories and decided to expand his creative universe and delve into literature. This is his first book, the result of years of reflection and inspiration. Living in São Carlos - SP, he divides his time between his career in IT and writing, exploring themes that connect people in captivating and sometimes frightening plots.